Harald Krassnitzer
Rauhnächte

Rauhnächte

Wunderbares für eine besondere Zeit

Herausgegeben und mit einem
Vorwort von Harald Krassnitzer

Residenz Verlag

MIX
Papier aus verantwortungsvollen Quellen
FSC® C014496

Bibliografische Information der Deutschen Nationalbibliothek
Die Deutsche Nationalbibliothek verzeichnet diese Publikation in der Deutschen Nationalbibliografie; detaillierte bibliografische Daten sind im Internet über http://dnb.dnb.de abrufbar.

www.residenzverlag.com

Umschlaggestaltung: BoutiqueBrutal.com
Typografische Gestaltung, Satz: Lanz, Wien
Lektorat: Jessica Beer
Gesamtherstellung: GGP Media, Pößneck

ISBN 978 3 7017 1739 2

Inhalt

Harald Krassnitzer

Rauhnächte – ein persönliches Vorwort

Sie heißen Innernächte, Glöckelnächte, Unternächte, Losnächte oder schlicht nur die Zwölften, was uns bereits einen Hinweis auf die Dauer dieses in vielen europäischen Volkskulturen verankerten Brauchtums gibt: Zwölf Nächte, vom 25. Dezember bis zum 6. Jänner, dauert eine Zeit, die aus dem üblichen Jahresablauf herausgehoben ist. In Schweden nennt man sie Jul-Festen, in Frankreich ist die »Chasse Hennequine« ein fester Bestandteil der Rauhnächte, bei uns wurde sie wiederum die »Wilde Jagd« genannt und in der Schweiz »Wutesheres«; in Griechenland schließlich kommen in diesen mystischen Nächten die »Kalikanzari« auf die Erde, bösartige Kobolde, die am Weltenbaum sägen. Die Quellen der Rauhnächte mit ihrer »Wilden Jagd« führen uns zurück bis in die vorchristliche Zeit der Kelten, zu den nordischen Sagen der Isländer und Skandinavier, aber auch in die Antike. Allen Überlieferungen gemeinsam ist ein Stichtag, der 21. Dezember, die Wintersonnenwende, die längste Nacht des Jahres und zugleich der kalendarische Beginn des Winters.

Ich selbst neige dazu, diesen Winterbeginn immer wieder zu vergessen oder zu verdrängen, weil ich um diese Zeit eigentlich schon wieder die Nase voll habe von der Lichtlosigkeit, der Kälte und dem feuchtklammen Wetter. So beginnen viele bereits im Jänner, den Kalender fürs neue Jahr zu studieren, ob nicht der nächste 21. Dezember auf einen Freitag fällt, dann müsste man die Kinder nicht aus der Schule nehmen und könnte früher in wärmere und sonnendurchflutetere Gefilde fliehen, um sich so per Langstreckenflug dem Zyklus der Finsternis und der Kälte zu entziehen. Eine Kulturtechnik der jüngeren Art, von der wir nicht wissen, ob sie sich noch lange halten wird, weil sie uns gerade gehörig auf den Kopf fällt …

Als die europäischen Gesellschaften im Wesentlichen noch agrarisch geprägt waren, war es natürlich nicht möglich, sich mal eben wegzubeamen, wenn es zu »rauh« wurde, die Menschen haben sich arrangiert oder, besser gesagt, mit den jahreszeitlichen Zyklen gelebt, man konnte diese Zyklen lesen und verstehen und hat seine tägliche Arbeit und sein Leben nach ihnen ausgerichtet. Und an den Wendepunkten dieser Zyklen, die sich nach dem Lauf der Sonne richteten, wurden Freiräume oder, wie wir heute salopp sagen würden, Time-out-Zonen geschaffen und damit Zeiten, um zu feiern, zu danken, zu hoffen – und auch, um sich zu fürchten.

Wesentliche Momente waren (und sind) der 21. März – die erste Tagundnachtgleiche im Jahr – mit dem Frühlingsbeginn, der auf die kommende Fruchtbarkeit des Jahres verweist; der 21. Juni, die Sommersonnenwende, die uns mit dem Kürzerwerden der Tage die Vergänglichkeit bewusst macht; der 23. September – die zweite Tagundnachtgleiche des Jahres – mit seinen Fruchtbarkeitsritualen; und der 21. Dezember mit der Wintersonnenwende, die die Rückkehr des Lichts ankündigt und den eigentlichen Beginn der Rauhnächte markiert. Das Christentum hat diese archaischen Strukturen genutzt, um sein Narrativ in den europäischen Gesellschaften zu festigen, und so finden wir jetzt an diesen strategischen Stellen neben den ursprünglichen Bedeutungen das Osterfest, Fronleichnam, das Erntedankfest und natürlich die Geburt des Lichtbringers und Erlösers. Und – wie sollte es anders sein – die Kirche hat natürlich auch über fast alle Auszeit-Zonen die Deutungshoheit gewonnen. Aber eben nur *fast*, denn neben der machtvollen Erzählung von Christi Geburt haben sich gerade in den Rauhnächten viele der heidnischen Rituale und Protagonisten erhalten. Neben Wotan (oder, je nach Kulturkreis, dann auch wieder Odin) wurden noch dutzende Anführer der »Wilden Jagd« benannt. Begleitet von einem Totenheer und den skurrilsten Fabelwesen, jagen sie unheilverkündend mit lautem Gebrüll, Jammergeschrei und Donnergrollen durch die Lüfte. Und waren doch nichts anderes als die Versinnbildlichung der bedrohlichen Winterstürme. Neben den wilden Gesellen gibt es weibliche Hauptdarstellerinnen, die an Bedeutung und Energetik den männlichen um nichts nachstehen. Im österreichischen und süddeutschen Raum die Frau Perchta, die in Mittel- und Norddeutschland zur Frau Holle wird. Es gibt unzählige Regeln in den Rauhnächten, an die man sich zu halten hat und deren Überschreitung strengstens sanktioniert, deren Erfüllung aber auch reichlich belohnt wird. Zwerge treffen wir, die ihren nordischen Kollegen, den Kobolden, an Listigkeit und Hinterfotzigkeit um nichts nachstehen. Trolle,

Elfen, Wald- und Berggeister, Dämonen jeglicher Art bevölkern die Szenerie. Gevatter Tod ist, was er ist: unbarmherzig und endgültig. Und natürlich wird auch die christliche Mythologie miteingebunden, in Gestalt ihres größten Schurken, des Teufels, der, wie sollte es anders sein, für sittenwidrigste Verträge zuständig ist. Neben den Erzählungen rund um das unheilvolle und manchmal auch gütige und großzügige Treiben der Geister und Dämonen ist das Orakel der zweitwichtigste Narrativ der Rauhnächte: Vom Hausschuh-(vulgo Patschen)-werfen bis zum Blei- oder Wachsgießen wurde jede Veränderung oder Erscheinung in der Natur dazu genützt, um Hinweise für den glücklichen Verlauf des kommenden Jahres zu erhalten. Tiere konnten in bestimmten Nächten sprechen und verkündeten den Tod eines Angehörigen der Hofgemeinschaft. Übel war nur, wenn man diese Verkündigungen heimlich mit anhörte, dann war man nämlich selber dran.

Dieses unendliche Reservoir an Geschichten zur Bewältigung von Ängsten und Erfüllung von Hoffnungen und Träumen hat mich in meiner Kindheit fasziniert. Wer wie ich am Fuße des Untersbergs in Salzburg aufgewachsen ist, war vertraut mit den regionalen Vertretern der »Wilden Jagd«: Vorpercht, Hexe, Habergeiß, Moosweib, Rabe, Riese Abfalter, Saurüssel, Baumpercht, Bär, Bärentreiber und Hahnengickerl. Diese Gruselgeschichten waren für mich eine Art Einstiegsdroge in die griechische Mythologie und Sagenwelt und dann später in die großen Erzählungen von Homer und Ovid. Der esoterische Aspekt der Rauhnächte hat mich hingegen nie sonderlich interessiert. Der kultur- und sozialanthropologische Ansatz ist da für mich schon reizvoller. Wie bewältigen Menschen ihre Lebenswelten, welche Techniken entwickeln sie, wie setzen sie sich in Bezug zur Natur? Zwölf Nächte nehmen wir uns Zeit, um auf das lang ersehnte Licht am Ende des Tunnels zuzugehen, das alte Jahr zu verarbeiten und das neue mit Hoffnung vorzubereiten. Wir tun dies mit dem simpelsten Mittel, das uns zur Verfügung steht, mit einfachen Geschichten von den Ängsten, den Sorgen, der Liebe, der Wut, dem ganzen Spektrum des menschlichen Daseins.

Vor ein paar Jahren habe ich mir nach langer Zeit wieder einmal einen Film von Luis Trenker angesehen, »Der verlorene Sohn«, und das eigentlich nur, weil darin eine Sequenz vorkommt, die zu den berühmtesten der deutschen Filmgeschichte wurde: eine Überblendung von den Dolomiten auf die Skyline von New York.

Am Ende dieses Films spielt die geschnitzte Maske eines Rauhnacht-Sonnenkönigs eine entscheidende Rolle. Diese Maske war bereits im ersten Drittel des Films aufgetaucht. Ein wohlhabender amerikanischer Tourist kommt in die Werkstatt eines Holzschnitzers in einem kleinen Südtiroler Dorf, um sich dessen Arbeiten anzusehen, in der Hoffnung, ein Souvenir zu finden. Dabei entdeckt er in einer Ecke der Werkstatt die Maske des Sonnenkönigs und erkundigt sich sofort nach dem Preis. Der Holzschnitzer teilt ihm höflich mit, dass diese Maske unverkäuflich sei. Sie sei ein Unikat, das seit Generationen im Besitz des gesamten Dorfes ist, und ein besonderer Bestandteil eines Rituals während der Rauhnächte. Jedes Jahr wird diese Maske an einen anderen Bauernhof weitergegeben und dieser hat dann die Aufgabe, das Fest und die Feier zur Rauhnacht auszurichten und das Dorf einzuladen. Der amerikanische Kunde bleibt hartnäckig und bietet eine hohe Summe, wenn ihm der Handwerker die gleiche Maske nachschnitzt. Und der Holzschnitzer willigt ein. So weit die Geschichte. Entscheidend ist, dass hier ein Prozess der Reproduktion eines Gegenstandes beginnt, der seinen Wert in der Einzigartigkeit hat. Ab dem Zeitpunkt der Reproduktion verliert das Original an Wert. Das Duplikat wird in New York an der Wand eines riesigen Penthouses hängen. Als Dekorationsgegenstand. Hübsch, aber sinnentleert, weil die Maske nicht mehr ihrem eigentlichen Zweck zugeführt wird. Sie bleibt reduziert auf das Verfügbare. Vielleicht hat der Schnitzer mittlerweile schon hunderte weitere Masken verkauft, vielleicht lässt er diese Masken mittlerweile irgendwo in Asien produzieren, millionenfach. In einer Welt, in der alles zu jeder Zeit verfügbar ist, in der alles berechenbar sein muss, den Kriterien der Effizienz und der Massenproduktion unterworfen wird, verschwindet das Besondere, das Einzigartige, und das Ritual wird zur Folklore.

Ich glaube nicht, dass wir zu archaischen agrarischen Gesellschaftsformen zurückkehren müssen, aber es würde uns guttun, ein paar Techniken von damals zu übernehmen. Die Auszeit der Rauhnächte ist eine davon, und sie ist, wie der Schweizer Autor Urs Faes zeigt, heute immer noch lebendig. In diesem Sinne: Willkommen in der Timeout-Zone und viel Spaß beim Lesen!

Die Rauhnächt

Die Rauhnächte oder Unternächte sind die Nächte vom St. Thomasabend (21. Dezember) bis Heiligendreikönig, nach anderen vom Christabend bis Heiligendreikönig. An den Vorabenden des St. Thomastages, des Christfestes, des Neujahrstages und des Dreikönigfestes (20., 24., 31. Dezember, 5. Jänner) rauchte (räucherte) man alle Räume des Hauses mit Weihrauch und besprengte sie mit Weihwasser, um sie zu segnen und dadurch die Hexen und bösen Geister zu vertreiben, denn die Unternächte sind die Zeit, in welcher die Geister ungescheut umgehen und ihr Wesen treiben.

Wenn die kleine Prozession von ihrem Rundgange in die Stube zurückgekehrt ist, knien alle nieder und beten, worauf die Männer ihre Mützen, die Weiber ihre Kopftücher über den Rauchtopf halten und dann rasch das Haupt bedecken: Das gilt als Mittel gegen Kopfleiden. Nun ist alles im Hause geweiht (gesegnet), selbst der Kehricht. Dieser darf daher diesmal nicht weggeworfen werden. Man streut ihn auf das Kornfeld, um es vor Schauer zu bewahren. Unter'n Nachten – das sind die Nächte vom Christabend bis Heiligendreikönig – soll man nicht umtümmeln, nämlich keine Türe zuhauen, nicht hämmern, hacken, kurz nichts Lärmendes tun, damit man das schlafende Jesukind nicht aufwecke. In den Unternächten darf man nicht spinnen, sonst liefert man der Haupthexe Hertha das Garn, womit sie die Leute fängt und fortschleppt. In den Unternächten sollen die Bäume bocken oder remmeln, das heißt, da soll sie der Wind bis in die Wurzel hinab riegeln, damit sie sich befruchten. Dann gibt es im nächsten Jahre viel Obst.

In den Rauhnächten kann man durch *Losen* und *Lößeln* die Schicksale des nächsten Jahres erkunden. Der Sinn des Namens Rauhnächte und Unternächte ist dem Volke nimmer bewusst. Die meisten meinen, der Name käme vom Räuchern her. Manche aber sagen, der Name müsse etwas anderes bedeuten, da man ja nicht Rauchnächte, sondern Rauhnächte sage und nur in drei oder vier Rauhnächten »rauche«, während alle Nächte vom 21. Dezember bis 6. Jänner Rauhnächte heißen.

In den Rauhnächten können mutige Leute durch Losen (oder *Lisna, Lismen*) die Schicksale des nächsten Jahres erkunden. Man lost auf Kreuzungen, Friedhöfen, an Bächen, unter Schwarzkirsch-, Kriecherl-, Weichsel-, Zwetschkenbäumen und in der Weihnacht auch an Stalltüren.

Das mundartliche Wort losen heißt nicht nur lauschen, sondern auch lauern, was das Lauschen und Lauern auf Vorzeichen bedeute. Das von Zaubersprüchen begleitete Schütteln der Bäume beim Losen erinnert an das von Runensprüchen begleitete Schütteln der Runenstäbe (Baumzweige) beim Losen oder soll den raunenden Windgott regen.

Wer *lisna* oder *lisma* will, darf neun Tage vorher nichts beten, kein Weihwasser nehmen und muss abends nach dem Gebetläuten schweigend und ohne sich umzusehen auf einen Kreuzweg oder unter einen Schwarzkirschbaum gehen. Wer sich dabei umsieht, erhält von unsichtbarer Hand eine solche Ohrfeige, dass man die fünf Finger in seinem Gesichte sieht. Es können auch mehrere Personen von ungerader Zahl mitsammen *lisna* gehen. Der *Lisna* darf sich aber durch nichts von seinem Standorte verschrecken lassen; sonst erhält der böse Feind Macht über ihn.

Dann hört und sieht der *Lisna* durch teuflischen Spuk, was während des neuen Jahres im selben Orte Merkwürdiges geschehen wird. Hört er zum Beispiel Musik, so bedeutet das Hochzeit. Hört er beten oder weinen, so bedeutet das einen Todesfall. Aus der Richtung des Schalles oder aus der Gestalt der Wolken und höllischen Schemen erkennt er, wen es angeht.

In manchen Gegenden rufen heiratslustige Mädchen in der Christnacht dreimal die laute Frage hinaus, was für einen Mann sie bekommen werden. Aus dem folgenden Schalle schließen sie auf die Zukunft. Ein Schuss kündet einen Jäger, ein daherfahrender Wagen einen Fuhrmann, ein knarrendes Tor einen Bauern als Zukünftigen.

So geschah es zur Rauhnacht

In der Mettennacht wird das Vieh um Mitternacht im Stall unruhig und erhebt sich vom Lager, um seine Freude über die Geburt des Heilandes auszudrücken. Ochsen und Pferde reden sogar und weissagen.

Einem Braunauer Bauern, der sich zu dieser Zeit unter den Pferdebarren legte, verkündeten seine Pferde, dass sie ihn bald auf den Freithof führen würden. Und so geschah es auch.

Ein Mann in der Naarner Gegend belauschte auch seine zwei Rösser in der Mettennacht, indem er sich hinter dem Barren versteckte. Da hörte er das eine Pferd sagen: »Nächsts Jåhr stirbt unser Herr, den müassn ma auf an schwarn Leichenwågen ziagn!« Von der Stunde an wurde der Bauer trübsinnig, weinte und wurde immer kranker. Er starb und die beiden Pferde konnten den Leichenwagen kaum vorwärtsbringen, so schwer war er.

Der Griesacker, ein Bauer im oberen Mühlviertel, belauschte auch die Tiere während der Mette. Ein Ochs sagte: »Bald ziehen wir unsern Bauern ins Griesloch!« Am Morgen fand man den Bauern als Leiche. Als man diese auf den Freithof bringen wollte, gingen die Ochsen durch und brachten sie ins Griesloch, einem verrufenen Platz im Böhmerwald.

Bauer und Bäuerin blieben von der Mette daheim. Der Bauer legte sich unter den Futterbarren und hörte, wie um Mitternacht ein Ochse sagte: »Im Sommer wird sich unser Bauer beim Krautessen erwürgen.« Der zweite Ochse fügte bei: »Und wir zwei werden ihn zum Friedhof ziehn!« Der Bauer ging in die Stube und erzählte es der Bäuerin, er musste ihr versprechen, keinen Löffel Kraut mehr zu essen. Einmal im Sommer aber vergaß er sich, schon beim ersten Löffel verschluckte er sich und erstickte.

Als einmal ein Bauer in Oberweis zur Mettenzeit im Stall loste, sagten die Ochsen: »Nächsts Jåhr trågn mån aui!« Der Bauer wollte sie Lügen strafen und verkaufte sie dem Nachbarn. Er starb aber wirklich im nächsten Jahr und vom Nachbarn mussten die Ochsen ausgeliehen werden, um ihn auf den Friedhof zu führen.

Auch ein Innviertler Bauer, der während der Mette unter der Futterkrippe horchte, wollte es seinen beiden Ochsen nicht glauben, dass sie ihn bald in den Friedhof tragen würden. Er verkaufte die Tiere um einen Gulden. Kurz darauf raffte eine Seuche Menschen und Vieh fort. Der Bauer starb und die beiden Ochsen, die vom Vieh allein noch übrig waren, zogen ihn zu Grab.

Ebenso erging es einem Welser Bauern, der seine zwei jungen Hengste zur Mettenzeit sagen hörte, sie würden ihn bald auf den Friedhof bringen. Er gab sie an einen Wiener Händler ab, von ihm kaufte sie aber der Nachbar ahnungslos auf dem Welser Markt. Bald traf den Bauern der Schlag und die Nachbarspferde brachten ihn auf den Friedhof.

Zwei Buben horchten in der Mettennacht beim Stall, in dem ein kranker Ochs war. Dieser sagte um Mitternacht zum andern Ochsen: »Mitten im Heustock ist eine Distel, wenn ich die zum Fressen bekomm, werde ich wieder gesund.« Die Buben liefen voll Schreck in die Stube und erzählten es, dann aber fielen sie tot zusammen.

Ein Bauer legte sich in der Mettennacht unter den Barren. Um Mitternacht sagte ein Ochs zu einer Kuh: »Warum bist du denn so traurig?« Die Kuh antwortete: »Weil der Bauer noch in dem Jahr sterben muss.« Der Bauer entsetzte sich darüber so, dass er am nächsten Tag wirklich starb.

Ebenso fand man eine Bäuerin am nächsten Morgen vom Schreck getötet, die während der Mette im Stall gelauscht und gehört hatte, wie ein Rind sagte: »Der Bauer wird bald ohne Bäuerin sein!«

Ein andermal horchte ein Knecht in der Mettennacht im Stall und hörte, wie ein Ochs zum andern sagte: »In den nächsten Tagen werden die Hausleute saure Suppe essen, da wird sich der Bauer beim dritten Löffel an einem Beinschiefer erwürgen.« Als ein paar Tage darauf saure Suppe auf den Tisch kam, passte der Knecht auf und schlug dem

Bauern den dritten Löffel aus der Hand. Er sah genau nach und wirklich fand er den Schiefer. Dadurch hatte er den Bauern gerettet.

Eine alte Frau war ganz vereinsamt, Mann und Kinder ruhten längst am Friedhof. Es war ein paar Tage vor Weihnachten, sie legte sich recht zeitig nieder, um früh am Morgen nach Taufkirchen in die Messe zu gehen. Als sie erwachte, war es hell in der Stube, sie stand auf, verrichtete ihre Früharbeit und ging dann zur Kirche. Alles war ruhig, niemand begegnete ihr. Von Weitem aber sah sie schon die Kirche hell erleuchtet, die Orgel klang. An den Altären brannten wie an Feiertagen alle Lichter. Mit gesenktem Haupt eilte sie nach ihrem gewöhnlichen Platz und betete. Nach einer Zeit sah sie auf, da wurde ihr aber angst und bange. Sie erkannte lauter Bekannte, die alle schon gestorben waren. Eine Gevatterin rief ihr freundlich zu: »Gevatterin, mach dich eilig auf den Heimweg, schau dich aber dabei nicht um, sonst zerfällt dein Leib in Staub!« Voll Schreck eilte die Frau davon und wagte es nicht, sich umzusehen. Als sie heimkam, hörte sie es vom Kirchturm ein Uhr schlagen, da wusste sie, dass sie im Gottesdienst der Toten gewesen war.

Vor langer Zeit ließ sich einmal ein Mann in der Mettennacht in der Kirche von Taufkirchen einsperren. Er sah die Kirche gefüllt mit Andächtigen und erkannte einige Bekannte, die schon gestorben waren. Das erschreckte ihn so, dass er sich nicht vom Platze wagte. Nach einiger Zeit verließen die Kirchenbesucher ihre Stühle und gingen um den Altar opfern. Als Letzte hinkte eine Frau. Während sie an ihm vorbeikam, sagte der Mann: »Du hupfst auch nach!« Die Frau aber schrie ihm zu: »Ja, du hupfst auch bald nach!« Und richtig! Bald nach Weihnachten starb der Mann.

Im Attergau hechelte eine Bäuerin in einer Rauhnacht nach dem Aveläuten. Eine Hexe schlich sich herzu und schrie: »Hachl di, hachl di fåll eini!« Die Bäuerin fiel in die Hechel und verletzte sich so schwer, dass sie starb.

Zu Dreikönig reisen die Heiligen Drei Könige mit ihren Leuten durch das Land. Da kann es sein, dass sie auf der Tenne Rast halten und tanzen. Deshalb trug ein Bauer in Königswiesen seinem Knecht am Vortag auf, die Tenne sauber abzuräumen und das Messer vom Schneidstock zu nehmen. Der Knecht übersah es, in der Nacht fiel es ihm aber ein und er hielt Nachschau. Zu seinem Schreck fand er das Schneidmesser voll Blut, das er nicht wegkriegen konnte. Auch die Pfosten darunter waren blutig und ließen sich nicht mehr rein machen; ebenso wenig ließen sie sich zerhacken oder zersägen, erst Feuer vernichtete sie.

Ein anderer Mühlviertler Knecht drehte am Abend der feisten Rauhnacht das Messer am Futterstock absichtlich um, damit die Heiligen Drei Könige nicht am Futterstock rasten könnten. Am Morgen war die Tenne vom Blute rot. Nicht lange nachher aber verletzte sich der Knecht tödlich mit dem Futtermesser.

In der feisten Rauhnacht fuhr ein Mann von Holzöster nach Geretsberg durch das Edholz. Plötzlich war das Fuhrwerk in Feuer gehüllt, es war, als ob die Pferde in Feuer stünden. Sie ließen sich schwer beruhigen, der Hund verkroch sich hinter den Wagen. Nach einiger Zeit verschwand der Schein, es war das Dreikönigsfeuer.

Der Rauhnachtspuk

Unheimliche Geister gehen in den zwölf Rauhnächten um. In den drei Hauptraunächten – vor St. Thomas oder am Heiligen Abend, an Silvester und vor Heiligdreikönige – haben Hexen und Unholde die größte Macht. Der Bauer sieht es darum nicht gern, wenn an diesen Abenden jemand von seinen Leuten außer Haus ist.

Aber der Schuster-Toni von Lampersdorf bei Arnstorf lachte darüber und ging in der Nacht vor dem Dreikönigsfest nach Geiselsdorf zum Kartenspielen. Gegen zwölf Uhr nachts machte er sich auf den Heimweg.

Als er am Altberg über den kleinen Steg ging, merkte er, dass er nicht mehr allein war. Er schielte zurück und sah im ungewissen Schneelicht einen Geißfuß.

Jetzt wusste er, woran er war. Er schlug ein Kreuzzeichen nach dem anderen und keuchte die Anhöhe hinauf. Zu Tode erschöpft, erreichte er die Haustür und fand sie zum Glück offen. Als er noch zitternd ob der vorausgegangenen Schrecken aus dem Kammerfenster schaute, fuhr etwas mit gräulichem »Huio« am Fenster vorbei. Er hörte es noch ein paar Mal um das Haus heulen.

Wäre nicht am Schrot der geweihte Palmbusch gehangen und hätte man nicht an die Fenster und Türen drei Kreuze gezeichnet gehabt, so wäre es um den Toni geschehen gewesen.

Der arme Tischler und der Herr des Waldes

Vor Jahren lebte ein armer Tischler mit seiner alten Mutter, seiner Frau und seinen drei Kindern am Rande des großen Waldes. Sie mussten keinen Hunger leiden, doch manchmal fehlte das Geld, um neue Kleidung für die Kinder oder Medizin für die kranke Mutter zu kaufen.

Eines Winters, in dem es sehr kalt war und die Wölfe lauter heulten als sonst, war die Armut besonders drückend. Unter dem Christbaum hatten keine Geschenke gelegen, und die traurigen Augen seiner Kinder machten auch den armen Tischler traurig.

Er wusste nicht, was er tun sollte: Er war fleißig und beherrschte sein Handwerk, doch es gab nicht genug Leute, die ihre Tische und Stühle bei ihm anfertigen ließen. Vielleicht lag es daran, dass er alles, was er tat, sehr sorgfältig machte und mehr Zeit brauchte als andere seiner Zunft. Am liebsten hätte er jedes Stück mit kunstvollen Schnitzereien versehen, doch das wollten die Leute nicht – und wollten sie es, so wollten sie doch nicht für diese Arbeit zahlen.

In einer dunklen Rauhnacht plagte die Schwermut den armen Tischler so sehr, dass er es nicht im Hause aushielt. Er zog sich einen dicken Mantel an und ging hinaus, in die klirrende Kälte der letzten Nacht des Jahres. Die Kälte machte seinen Kopf klar, doch die Schwermut blieb, wie ein leiser Ruf aus der Ferne.

Ohne es zu merken, war der Tischler tief in den Wald geraten. Der Vollmond schien, und es war ganz still im Wald. Er begann sich ein wenig zu fürchten. Hieß es nicht, dass in den Rauhnächten das kleine Volk oft aus der Erde kam und den Menschen Streiche spielte? Er hatte von Moosweiblein und Holzmännchen gehört, die einsame Wanderer in die Irre geführt hatten. Aber hatten die Alten im Dorf nicht auch gesagt, dass das kleine Volk großes Glück bringen könnte, wenn man ihm zur rechten Zeit, am rechten Ort und mit Höflichkeit begegnete?

Kaum hatte er das gedacht, meinte er, kleine Gestalten hinter den Bäumen hervorlugen zu sehen, und ihn schauerte. Doch er fasste sich ein Herz. Vielleicht war ja gerade heute die richtige Zeit. In diesem Moment fiel ihm ein Spruch ein, den er als Kind von seinem Großvater gehört hatte:

»Kleines Volk, kommt herfür,
seht mein Herz, vertrauet mir,
Mondenschein, Waldesklang
zeiget euch, mir ist nicht bang.«

Kaum hatte er diese Worte geflüstert, raschelte es im Gebüsch, und der Tischler meinte, feine Stimmchen lachen zu hören. Er sah hinter den Busch, doch da war nichts.

Enttäuscht wandte er sich um – und da standen zwei kleine Wichte vor ihm.

»Menschenkind, gib gut acht,
bei vollem Mond der Neujahrsnacht
hat mancher schon sein Glück gemacht.
Dreimal wünsche, doch wünsche klug:
Dann hast du für dein Leben genug.«

Damit verschwanden sie, als hätte der Wind sie fortgeweht, und nur ein leises, fernes Gelächter hing im Wald. Der arme Tischler wusste nicht, ob er geträumt hatte. Was hatten die Wichte gesagt? Er habe drei Wünsche? Er wollte schon den ersten Wunsch aussprechen, da fiel ihm ein, dass der Großvater nicht nur von der rechten Zeit und dem rechten Ort, sondern auch von der Höflichkeit gesprochen hatte. Er hatte ihn auch einen Spruch dazu gelehrt. Er verbeugte sich und sprach:

»Ich danke den Herren des Waldes.
Ich ehre die Herrin des Waldes.
Ich danke euch für eure Gabe ...«

Es gab noch eine Zeile, doch die wollte ihm nicht einfallen. Schließlich sagte er:

»... auch wenn ich sie nicht verdienet habe.«

Da erschien ein riesenhafter alter Mann und donnerte: »Wünschen willst du also? Aber den Dankspruch kennst du nicht?«

Der Tischler zitterte und sprach: »Vergebt mir, Herr des Waldes.«

Der Alte nickte. »Deine Absicht war gut, und auch dein Reim war zwar nicht richtig, doch recht. Doch da du den richtigen Spruch nicht weißt, hast du nur einen Wunsch. Drum wünsche dreifach klug!« Er reichte dem Tischler einen Eisenring. »Steck den Ring an deinen Finger. Sprich deinen Wunsch, und drehe den Ring, und du wirst bekommen, was dir zukommt.«

Der Tischler hätte den Herrn des Waldes gerne noch befragt. Aber der war so plötzlich verschwunden, wie er gekommen war. Der Tischler rief noch einmal in den Wald: »Ich danke dem Herrn des Waldes und allen seinen Untertanen!«

Nun begann das Nachdenken. Was könnte er sich wünschen? Einen Beutel Gold. Nein, besser eine Truhe Gold. Oder eine große Werkstatt in der Stadt. Könnte er nicht, wenn er es sich nun schon wünschen dürfte, sogar Graf sein? Dem armen Tischler wurde ganz schwindelig.

Doch er war ein guter Kerl, und er hatte den Erzählungen seiner Großeltern immer genau zugehört. Wie viele Geschichten hatte er gehört, wo jemandem Wünsche gewährt wurden, doch seine törichten, selbstsüchtigen Wünsche hatten ihm nur Unglück gebracht!

So dachte der Tischler an seine liebe Frau, an seine geliebten Kinder und an seine alte, gute Mutter, und alle Selbstsucht verschwand aus seinem Herzen.

»Ich wünsche mir nur, dass es meinen Lieben gut im Leben gehen möge!« Und er bemerkte kaum, dass er dabei den Ring gedreht hatte.

Der Tischler war nun voller Zuversicht und ging mit frohem Herzen nach Hause. Es war noch immer die arme Hütte, doch er fühlte sich, als würde er in ein Schloss einkehren. Als er die Tür öffnete, stürmten seine Frau und seine Kinder zu ihm und fragten, was er denn so lange im Wald getan habe? Doch der Tischler lächelte nur, denn er wusste, dass man nicht leichtfertig von den Begegnungen mit dem kleinen Volk sprechen durfte.

Und wurde sein Wunsch erfüllt? Ja, doch nicht wie ein Zauber, sondern ganz so, als ob alles seinen natürlichen Gang ginge. Die alte Mutter wurde wieder gesund, niemand wurde mehr krank, und die Familie war arm, aber glücklich. Und schließlich verließ auch die Armut das Haus, die so viel Glück nicht ertragen konnte.

Albenkönigin Hildur

Einst wohnte ein Bauer auf einem Hof in den Bergen und es ist weder überliefert, wie er noch wie sein Hof hieß. Der Bauer war unverheiratet, wohnte aber mit einer Haushälterin namens Hildur zusammen, über deren Herkunft die Leute wenig wussten. Sie bestimmte über alles innerhalb des Hauses und war sehr tüchtig. Alle auf dem Hof hatten sie gern, besonders der Bauer, wenngleich die beiden keine Liebesbeziehung verband, denn Hildur war trotz ihrer freundlichen Art eine schweigsame und scheue Frau.

Mit dem Hof des Bauern gedieh es zum Besten, doch fiel es ihm schwer, Hirten zu bekommen. Seine Wirtschaft stand auf schwachen Beinen, wenn ein Hirte fehlte. Weder war der Bauer hart gegenüber seinen Hirten, noch litten sie bei Hildur Mangel. Es hatte sich vielmehr herumgesprochen, dass Hirten auf diesem Hof nicht alt würden: Jeden Weihnachtsmorgen fand man einen tot im Bett.

Zu jener Zeit war es hierzulande üblich, dass man eine Christmette hielt. Diese zu besuchen galt als nicht weniger feierlich wie jene am Weihnachtstag selbst. Aber von den Berghöfen, von denen es weit zur Kirche war, war es Hirten unmöglich, rechtzeitig zur Messe zu gelangen. Die Hirten durften erst zur Kirche gehen, wenn sie mit dem Aufgehen des Sterns zwischen neun und Mittag ihre Arbeit verrichtet hatten. Immerhin mussten sie den Hof in der Christnacht nicht bewachen, wie dies in den Nächten vor Weihnachten und vor Neujahr üblich war, während Herr und Gesinde in der Kirche waren. Seit Hildur zu dem Bauern gekommen war, hatte sie immer angeboten, alle Arbeiten zu übernehmen, die an dem großen Fest anfielen. Sie wachte die ganze Nacht und die Leute waren oft schon wieder von der Mette zurück und schliefen, wenn Hildur endlich zu Bett ging.

Als es nun eine Weile so gegangen war, dass die Schafhirten in der Christnacht ein plötzlicher Tod ereilte, verbreitete sich die Kunde im ganzen Bezirk. Und doch waren der Bauer und sein Hof frei von Verdacht. Alle waren ohne äußere Einwirkung gestorben. Schließlich entschied der Bauer, er könne es nicht mehr mit seinem Gewissen vereinbaren, Schafhirten in den sicheren Tod hinein zu verpflichten. Das Schicksal solle weisen, wie es weitergehe.

Als der Bauer fest entschlossen war, niemanden mehr bei sich aufzunehmen, kam eines Tages ein Mann zu ihm – kerngesund und munter – und bot ihm seine Dienste an. Der Bauer sagte: »Ich brauche deine Dienste nicht.« Der Ankömmling fragte: »Hast du für den nächsten Winter schon einen Schafhirten?« Der Bauer verneinte. »Du wirst doch gehört haben, wie es meinen Hirten bisher ergangen ist.« »Gehört habe ich es wohl«, sagte der Mann, »aber ihr Geschick kann mich nicht abhalten, dein Schafhirt zu sein.« Der Bauer gab nach und stellte ihn ein. Nun verging die Zeit, und Bauer und Hirte gewöhnten sich gut aneinander. Auch auf dem Hof konnten ihn alle gut leiden, denn er war ein prächtiger Kerl, tapfer und fleißig.

Die Zeit bis Weihnachten verging. Da machte sich der Bauer mit seinem Gesinde wie gewohnt am Weihnachtsabend zur Kirche auf, während seine Wirtschafterin allein zu Hause und der Hirte bei dem Vieh waren. Nun vergeht der Abend und der Hirte kommt wie gewohnt nach Hause, isst und geht zur Ruhe. Es denkt, dass es sicherer wäre, wach zu bleiben, was auch immer geschehe. Dennoch hat er keine Angst. Spätnachts hört er die Kirchgänger heimkommen, essen und schlafen gehen. Da ist er arg erschöpft und der Schlaf scheint ihn zu besiegen, doch er wendet alle Kraft dagegen auf. Nach einer kurzen Weile hört er, dass jemand zu seinem Bett kommt, und er meint, Hildur zu erkennen. Er tut, als schlafe er tief und fest. Da spürt er, dass sie ihm etwas in den Mund stopft. Er versteht, dass dies das Zaumzeug für einen Gandritt ist, und gewährt ihr, es ihm anzulegen. Als sie ihn aufgezäumt hat, führt sie ihn hinaus, steigt auf seinen Rücken und reitet ihn, bis sie zu einer Erdspalte kommen. Da steigt sie an einem Stein ab und nimmt die Zügel mit. Dann verschwindet sie vor seinen Augen.

Dem Hirten schien es misslich, Hildur aus dem Blick verloren zu haben. Aber es war ihm klar, dass er, ohne den Zaum abzulegen, nicht weit käme, denn durch diesen war er mit starkem Zauber belegt. Er rieb seinen Kopf an dem Stein, scheuerte die Trense ab und ließ sie zurück. Dann stürzte er sich in die Erdspalte, in die Hildur verschwunden war. Er war nicht weit gekommen, da erblickte er Hildur. Sie eilte über eine grüne Wiese. Jetzt meinte er zu verstehen, dass Hildur über mehr Zauber verfügte, als man in der Menschenwelt kannte. Er war auch sicher, dass sie ihn sofort sehen würde, wenn er ihr über die Wiese folgte. Er nahm einen Tarnkappenstein hervor, den er bei sich trug, und hielt ihn in der linken Hand. Dann rannte er ihr so schnell wie möglich hinterher.

Am Ende der Wiese stand ein großer, wunderschöner Palast, auf den Hildur zuschritt. Da sah er, dass eine Menschenmenge auf sie zukam. Als Erster ging ein Mann, der am prächtigsten gewandet war und der Hildur als seine Frau willkommen hieß. Die anderen begrüßten sie als ihre Königin. Da kamen zwei größere Kinder, die Hildur freudig als ihre Mutter umarmten. Danach gingen alle in den Palast und Hildur wurde der würdigste Empfang zuteil. Königliche Gewänder wurden ihr angelegt und ihre Hände mit Gold besteckt. Der Schafhirte hielt sich in der Menge gerade so weit entfernt, dass er alles sehen konnte. Hier war so viel schöner Zierrat, wie er ihn noch nie gesehen hatte. Nun wurde der Tisch gedeckt und Essen aufgetragen. Hildur nahm auf dem Hochsitz neben dem König Platz, und der Hof zu beiden Seiten, und so aßen sie alle einige Zeit lang. Dann wurde die Tafel aufgehoben und Höflinge und Damen gingen zum Tanz, aber König und Königin sprachen miteinander. Dem Hirten schien das Gespräch zärtlich zu sein, jedoch von sorgenvollem Ton.

Da kamen drei Kinder, jünger als die, von denen vorher die Rede war, und begrüßten ihre Mutter. Hildur nahm dies liebevoll an; dann hob sie das jüngste Kind auf ihre

Knie und spielte mit ihm, doch das Kind quengelte und war unruhig. Da nahm die Königin das Kind von ihrem Schoß, zog einen Ring von ihrer Hand und gab ihn dem Kind zum Spielen. Das Kind verstummte und spielte eine Weile mit dem Gold, ließ es aber auf den Boden fallen. Der Hirte zögerte nicht, griff nach dem Ring, steckte ihn ein und bewahrte ihn sorgfältig auf. Niemand bemerkte dies, aber allen kam es seltsam vor, dass sie den Ring nicht fanden, sosehr sie auch suchten.

Als die Nacht verging, machte sich Hildur zur Abreise fertig, aber alle baten sie, zu bleiben, und waren sehr traurig, dass Hildur sie verlassen wollte. Der Schafhirte hatte eine steinalte Frau mit bösartigem Aussehen bemerkt. Sie war die Einzige gewesen, die Königin Hildur weder begrüßt hatte noch daran hindern wollte, wegzugehen. Als der König sah, dass Hildur reisefertig war, ging er zu der Frau und sprach: »Nimm deinen Fluch zurück, liebe Mutter, und erfülle meine Bitte, dass meine Königin nicht mehr länger von mir fern lebe und unser Beisammensein nicht mehr so selten und kurz sei, so wie das schon so lange der Fall ist.« Die alte Frau antwortete barsch: »Mein Fluch bleibt und ich werde ihn niemals lösen.« Der König ging gramgebeugt zur Königin, legte seine Hände um ihren Hals, küsste sie und bat sie noch einmal mit zärtlichen Worten, nicht wegzugehen. Die Königin sagte, dass sie wegen des Fluchs seiner Mutter keine andere Wahl habe. Wegen des Unglücks und der Todesfälle, die sich schon ereignet hätten und so viele an der Zahl seien, werde sie einen hohen Preis zahlen müssen, auch wenn sie gezwungen worden sei, so zu handeln.

Da machte sich der Schafhirte auf den Weg, ging über das Feld zu der Erdspalte und geradezu hinauf. Dann steckte er den Tarnkappenstein in seine Tasche, legte den Zaum an und wartete auf Hildur. Nach einer Weile kam Hildur mit traurigem Gesicht, setzte sich auf seinen Rücken und ritt nach Hause. Dort legte sie den Schafhirten behutsam ins Bett und zog ihm den Zaum ab, und ging danach zu ihrem Bett und legte sich schlafen. Der Schafhirte tat, als ob er schliefe. Aber als keine Gefahr mehr bestand, schlief er tief und fest bis zum nächsten Tag.

Am nächsten Morgen stand der Bauer als Erster auf, um nach seinem Hirten zu sehen. Er rechnete mit dem Schlimmsten. Als der Bauer den Schafhirten berührte, spürte er, dass der Hirte lebte. Da erfüllte den Bauern eine unsagbare Freude und er lobte Gott inbrünstig. Der Schafhirte erwachte. Da fragte der Bauer, ob er sagen könne, was sich in der Nacht zugetragen habe. Der Hirte verneinte, »aber einen wundersamen Traum hatte ich«. »Was für einen Traum?«, fragte der Bauer. Der Schafhirte begann zu erzählen, dass Hildur zu seinem Bett getreten und ihm das Zaumzeug angelegt hatte und gab jedes Detail wieder, so wie er sich am besten erinnern konnte. Als er geendet hatte, wurden alle still bis auf Hildur, die sagte: »Du bist ein Lügner – es sei denn, du könntest beweisen, dass alles sich so ereignet hat, wie du behauptest.« Der Schafhirte antwortete nicht, sondern zog den Ring hervor, den er im Albenreich an sich genommen hatte, und sagte: »Ich habe einen Zeugen dessen, dass ich heute Nacht bei den Alben gewesen bin – oder ist das nicht dein Fingerring, Königin Hildur?« Hildur sprach: »So viel ist sicher, dass du, der glücklichste und gesegnetste Mensch, mich von dem Bann meiner Schwiegermutter befreit hast. Ich bin gezwungen worden, all die Verbrechen zu begehen, die sie mir auferlegte.« Und dann erzählte Hildur ihre

Geschichte: »Ich war eine Albenmaid nichtadliger Herkunft, aber jener, der nun König über das Albenreich ist, verliebte sich in mich. Und gegen den Willen der Schwiegermutter heiratete er mich. Da wurde sie so rasend, dass sie ihren Sohn verfluchte, er solle nur kurze Zeit Freude an mir haben und wir sollten einander nur ab und zu sehen. Aber mir erlegte sie auf, dass ich eine Magd in der Menschenwelt sein müsse und mir das Unglück folge, dass ich in jeder Christnacht einen Menschen umbringen müsse. Ich müsse einen Gandzaum auf den Schlafenden legen und ihn denselben Weg reiten, den ich diesen Schafhirten diese Nacht ritt, um den König zu treffen; und das sollte sich so lange wiederholen, bis mir diese Verbrechen nachgewiesen würden. Dann würde ich getötet – außer, ich träfe einen unerschrockenen und geistesgegenwärtigen Mann, der sich zutraute, mir in das Albenreich zu folgen, und der danach beweisen könnte, dass er dorthingekommen sei und das Treiben der Leute erlebt hätte. Seit ich hierhergekommen bin, haben alle Schafhirten des Bauern um meinetwillen den Tod gefunden. Dennoch hoffe ich, dass mir nicht die Schuld an etwas gegeben wird, das ich unfreiwillig tat, denn niemand hat zuvor den unterirdischen Weg und die Wohnstatt der Alben erkundet, bis dieser wackere Mann mich aus meinem Zauber und dem Schicksal löste. Ihm werde ich danken, auch wenn es noch einige Zeit dauert. Jetzt will ich hier nicht länger bleiben. Ich danke euch herzlich, denn ihr habt mir Gutes getan, aber mich drängt es nach Hause.«

Von dem Schafhirten ist zu berichten, dass er heiratete und im nächsten Frühling einen Hof errichtete. Der Bauer war beim Abschied großzügig und so musste er seinen Hof nicht mit leeren Händen errichten. Er wurde der tüchtigste

Bauer im Bezirk und die Leute suchten ihn auf, wenn sie Rat oder seine Gesellschaft wünschten, und sein Glück war so groß, dass die Leute nichts dergleichen gesehen hatten. Sie meinten, jedes Schaf hätte zwei Köpfe. Doch der Hirte wusste, dass er all sein Wohlergehen Hildur zu verdanken hatte.

Das *Weitwiesenweiberl* oder Die Fahrt über den Königsee

Das *Weitwiesenweiberl* war in den Bergen um Berchtesgaden unterwegs. Man erzählte, wenn sich ein Fuhrwerk oder ein Wanderer in der Nacht verirrt hatte, dann sei des Öfteren das *Weitwiesenweiberl* aufgetaucht und habe mit seiner Laterne dem verirrten Wanderer oder dem Fuhrmann auf den richtigen Weg zurückgeholfen, ihnen sozusagen »heimgeleuchtet«.

Sobald der Irrgänger die Landschaft oder den Weg erkannte und alleine weiterfand, verschwand das *Weitwiesenweiberl* wieder und erwartete keinerlei Dank für seine Hilfe. Mehr noch: Wenn man dem *Weitwiesenweiberl* hinterherschaute, ihm gar nachlief oder ihm ein »Dank dir recht schön« hinterherrief, dann konnte es passieren, dass ein schlimmes Unglück eintrat.

In den beginnenden 60er-Jahren war einmal viel zu früh ein eiskalter Winter angebrochen und der Königsee war vollkommen zugefroren. Da wohnte in Ramsau der

Ellinger Franz, ein junger Bursch, der aus einem reichen, schmucken Bauernhof herstammte. Franz hatte ein Auge auf eine fesche junge Bedienung geworfen, die Doyscher Elis, eine »Böhmische«, die in der Gastwirtschaft in St. Bartolomä in Diensten stand.

Nun hatte der lebenshungrige Ellinger sich vorzeitig seinen Erbteil auszahlen lassen und kurz vor Weihnachten einen nagelneuen VW-Käfer erworben, ein schmuckes, glänzendes Automobil, auf das er unbändig stolz war.

Was lag näher, als mit seinem Automobil der hübschen Elis zu imponieren. Aber wie das am besten anstellen?

Da kam der Franz auf die Idee, in der Thomasnacht über den gefrorenen See hinüberzufahren und die Doyscher Elis auf eine Spritztour über das Eis einzuladen. Man weiß ja, in der Thomasnacht legen sich die unverheirateten Mädchen mit dem Kopf zum Fußende ins Bett, weil ihnen dann im Traum ihr Geliebter erscheint. Vielleicht wollte dies der Ellinger schamlos ausnützen und der Elis nicht nur im Traum, sondern lebendig erscheinen und ihr obendrein mit seinem neuen Käfer imponieren.

Gesagt, getan!

Der Franz fuhr mit dem Wagen zum Seeufer, legte Schneeketten an und rollte vorsichtig hinaus aufs Eis. Das Eis knackte leicht, ab und zu entlud sich die Spannung in einem dumpfen Ächzen und Stöhnen, aber das galt ihm als Zeichen, dass das Eis fest war und hielt.

Doch als er auf der Mitte des Sees angelangt war, kam urplötzlich ein Schneesturm auf, wild und undurchdringlich vom Watzmann her. Kaum drei Meter weit konnten sich die Scheinwerfer durch das Inferno hindurchbohren. Der Ellinger bekam es mit der Angst zu tun.

Eis und Schnee gingen ineinander über, er wusste schon bald nicht mehr, wo oben und unten war, und ein kalter Schauer nach dem anderen lief ihm über den Rücken hinunter.

Da klopfte etwas an das kleine Ausstellfenster neben dem Rückspiegel.

Das Licht einer Laterne warf einen warmen Schein ins Innere des Automobils und das Winken einer Hand bedeutete ihm, dem unheimlichen Begleiter zu folgen.

Obwohl der Ellinger vor Schrecken halb erstarrt war, tat er, wie ihm geheißen. Der junge Bauernbursch rollte mit seinem Wagen langsam neben der Gestalt her, wohl eine geschlagene halbe Stunde lang, und tatsächlich: So plötzlich, wie er angehoben hatte, lichtete sich der Schneesturm wieder, es hörte zu schneien und zu wehen auf, und er konnte in der Ferne die Fenster des warm erleuchteten Gasthofs von St. Bartolomä erkennen. Erleichtert drehte der Bursch das Fenster herunter und blickte in eine aus rauem Stoff gewebte Kapuze, die das Gesicht dahinter vollkommen verbarg.

»Nix sogn, gor nix sogn!«, vernahm er eine heisere Stimme.

»Freilich sag ich was, i muass!«, entgegnete der Bursch.

»Nein, bloß nix sogn! Staad sein, ganz staad!«

»Doch!«, erwiderte der Bauernbursch, »freilich sag ich's, wie es die Mutter mir beibracht hat: Dank dir schön, und vergelts Gott, viel tausend Mal«.

Da ertönte ein markerschütternder Schrei vom *Weitwiesenweiberl*, denn niemand anderes hatte dem Franz den Weg geleuchtet:

»Unglück, nimm deinen Lauf!«, rief es und verschwand irgendwo in der Nacht.

Keiner im Tal hat gesehn, was danach in dieser Nacht passiert ist, nur der Wirt vom Gasthof Bartolomä wunderte sich, als er am Morgen zum Schneeschaufeln vor die Türe trat. Er sah nämlich mit eigenen Augen die leicht verwehte Fahrspur eines Gefährts über den See auf St. Bartolomä zulaufen und wunderte sich, weil die Spur unerklärlicherweise mitten auf dem See endete.

Seit dieser eiskalten Thomasnacht bekommt man in den Tälern rund um den Watzmann – egal, ob man ein Trinkgeld hergibt, einen Skipass kauft oder etwas anderes Gutes anrichtet – von keinem Burschen auch nur den Hauch eines Dankeschöns zurück.

Anton und die sprechenden Pferde

In einer Rauhnacht ist der Anton vom Niedermeier-Hof allein zu Hause geblieben. Und weil seine Eltern immer gesagt haben, dass das Vieh in den Zwölften reden könne, will der junge Bursche es einmal genau wissen. Das alte Gebot, nach dem Räuchern nicht mehr in den Stall zu gehen, missachtet er und schleicht sich leise die Leiter zum Heuboden hinauf. Dort entfernt er ein loses Brett aus dem Boden und lauscht, ob die Pferde wirklich sprechen können. Schon gleich darauf hört er, wie ein Ross zum anderen sagt: »Dieses Jahr wird es ein schlimmes Ende nehmen.«

»Na! Wieso denn das?«, fragt das andere. »Weil wir den Sohn vom Bauern, den Anton, in der Trauerkutsche zum Friedhof fahren müssen.«

Als Anton das hört, springt er auf, fängt an zu schreien und zu wüten: »Na warte, du Klappergaul. So schnell kriegst du mich nicht dran! Euch verkauf ich auf der Stelle – aber vorher bekommt ihr noch eine ordentliche Tracht Prügel!«

Und damit reißt er tobend ein Brett nach dem anderen aus dem Boden heraus. Mit einem Mal aber verliert Anton das Gleichgewicht, stürzt vom Heuboden auf den Futterbarren und bricht sich das Genick. Und so haben die Pferde ihn kurz darauf wirklich zum Friedhof ziehen müssen.

Ein Reiter in den Zwölften

Diese Geschichte hat mir mein Nachbar erzählt. Ich weiß nicht genau, was gelogen und was wahr daran ist; er ist ein alter Mann, der gerne über Leute redet, und es ist möglich, dass er dabei ins Übertreiben geriet.

Es ist bei uns Sitte, zwischen Weihnachten und den Heiligen Drei Königen mehrmals frische Kleider anzulegen, Mädchen und Frauen pflegen ihr Haar und schmücken sich bestens. In den Zwölften, so nennen wir die Zeit, dürfen die Leute auch keine Wäsche waschen. Es heißt, dass alles, was draußen zum Trocknen aufgehängt wird, dem Wilden Jäger Gewalt über die Menschen gibt, denen die Kleidung gehört.

In der nahen Ölmühle, das erzählte mir der Alte, hat vor langer Zeit, als unsere Großväter noch jung waren, eine schöne Frau gewohnt, die war sehr hochfahrend. Weder ihr Mann noch die anderen Leute haben ihr widersprechen dürfen, sie hat alles selbst am besten gewusst.

Solcher Hochmut kam aber davon, dass sie gute Freunde bei den Unterirdischen hatte, die ihr alles, was sie wissen wollte, beantworteten, und was sie an Handwerksarbeit nötig hatte, für billiges Geld zurechtfeilten. Die Frau legte, was herzustellen war, meist nur mit einem Brieflein und einigen Schillingen abends in die Küche, da fand sie es morgens neu und fertig vor.

Zu Weihnachten aber bekam sie jedes Jahr ein besonderes Geschenk; das lässt erkennen, dass sich die Unterirdischen, genau wie die Menschen, untereinander in den Heiligen Tagen Überraschungen bereiten.

Einmal, heißt es, haben die Wichte der Frau kleine Stäbe geschenkt, die brauchte sie nur im Kreis um die Kühe zu pflöcken, da liefen die nicht darüber hinaus. Ein anderes Mal wurde ihr als Geschenk eine Sense hingelegt, die mähte von selbst, wenn sie nur einmal angesetzt war. Und das dritte Mal haben die Unterirdischen der Frau einen Zauber angegeben, der sie ein Kindlein erwarten ließ, das ihr noch versagt und das ihr Wunsch war.

Aber viel Glück macht oft viel Hoffart; die Müllerin meinte längst, dass ihr Wort allein auf dem Hofe gelte. Als die Mägde zwischen Weihnachten und Neujahr nicht waschen wollten, hat sie den alten Brauch nicht beachtet und hat eine Greisin, die nicht mehr wusste, was für ein Tag es wohl sei, an das Waschfass bestellt.

Ja, das Weib hat seinen Willen durchsetzen wollen und am Abend vorm Waschtag, weil niemand etwas von den eigenen Sachen hergab, selbst eingeweicht, was zu erreichen war: Tischdecken, Handtücher, Lappen und was weiß ich. Anderntags hat die alte Wiltsch, so hieß die Wäscherin, alles Zeug geruffelt und geschlagen, und die Frau hat es in den Wind gehängt; es war kein strenger Winter und gute Luft zum Trocknen.

Nun ist auch ein Kleid, das sie selbst getragen hatte, unter der Wäsche gewesen, und der Ölmüller, ihr Mann, sah es und bat sie, es nach drinnen zu bringen.

Sie hat ihn aber ausgelacht und gesagt, der Herr Wohljäger – so nennt sich der Reiter in den Zwölften – möge doch kommen, die alte Wiltsch und sie würden schon mit ihm fertig.

Die Leute, die es hörten, haben dazu geschwiegen, das war das Beste. Gegen Abend aber ist der Wind stärker geworden, ein zottiger Beritt ist durch die Wolken gefahren, und auf einmal ist der jungen Frau zumute gewesen, als habe jemand ihr Kleid berührt. Im gleichen Augenblick ist zu ihrem Schrecken auch schon ein Reiter in die Tür getreten, groß und rüstig, obgleich sein kurzer Bart schneeweiß war.

»Willst wohl mitreiten?«, hat er gefragt.

Es ist sehr einsam um die Frau geworden. Die Mägde und Knechte hatten sich versteckt, und die alte Wiltsch ist schreiend die Diele entlanggelaufen.

Die Müllerin hat sich rasch besonnen. Sie hat wohl gemerkt, wer da zu ihr kam, aber sie hatte auch Mut und hat, während der andere sprach, lautlos die Zauberstäblein der Unterirdischen fallen lassen; Stäblein, über die niemand hinwegzuspringen vermochte. Dann hat sie sich umgewandt, um zu gehen. Aber die Hölzer gelten nicht für den Wohljäger, sie sind unter seinem Tritt aufgeflammt und zu Asche erloschen.

Als sie das sah, hat die Frau blitzschnell und noch im Flüchten die Sense ausgeschickt, ihr Kleid von der Leine abzuschneiden.

Aber das Kleid, das draußen hing, ist durch die Tür ins Haus und vor des Wohljägers Füße geweht. Die Zauberin hat sich nicht schützen können und bekam große Angst.

»Willst du mitreiten?«, fragte der Reiter nochmals.

»Nein. Ich habe Haus und Hof! Lass mich«, flehte sie. »Ich habe Mann und Knecht!«

Den Fremden schien's nicht zu kümmern, er hob schon die Hand nach ihr.

»Nein«, schrie sie, »weil ich doch ein Kindlein trage!«

Das sagte sie, weil sie wusste, dass des Wohljägers Herrin allen Müttern zur Seite steht.

Sobald das Wort gefallen war, hat der Reiter denn auch von ihr abgelassen; aber er hat, als seine Hand niederfiel, gerade noch ihre Brust berührt.

Und die Frau wurde, kaum dass er gegangen war, schon von einer unüberwindlichen Sehnsucht nach dem Fremden befallen.

Ja, nicht nur sie, das ganze Haus hat immer nur von dem großen Reiter gesprochen, alle Leute haben sich nach ihm verzehrt und sind fast krank geworden.

Vor den Menschen hat die Frau stolz getan. Als es zum andermal auf Neujahr ging, hat sie sogar zum Trotz wieder waschen lassen und ein Kleid von sich und ein Hemd ihres Kindleins in den Wind gehängt.

Vielleicht wünschte sie sich jetzt wirklich, dass der Fremde noch einmal nach ihrer Hand packen würde, ohne dass sie sich zu entwinden vermochte. Aber die Wilde Jagd ist vorübergefahren, es ist niemand in ihr Haus eingetreten.

»Ja«, sagte mein alter Nachbar, »der« – er nennt nie Namen, er weist nur mit der Hand nach draußen – »der holt nur Frauen, die sich vor nichts fürchten, in sein Volk. Wer sich lange besinnen will, hat es mit ihm verdorben.«

Frau Holles Apfelgarten

Es geschah einmal, dass im Garten der schönen Frau Holle die Apfelbäume nicht mehr gediehen.

Nun lebte aber unten auf der Erde eine alte Frau und deren Apfelbäume standen im Frühling in herrlicher Blüte und wenn der Herbst kam, senkten sich die Äste voll reifer Äpfel.

Da sprach die schöne Frau Holle zu ihrem Liebsten, dem Junker Tod: »Reite hinab zur Erde und hole mir die Alte herauf. Sie hat nun lange genug auf der Erde gelebt, und es wird Zeit, dass sie zu uns zurückkehrt.«

Und so ritt der Junker Tod hinab zu der Erde, klopfte bei der Alten und sprach zu ihr: »Du hast nun so lange auf der Erde gelebt und meine Liebste, die schöne Frau Holle, will dich bei sich haben, denn in deren Garten gedeihen die Apfelbäume nicht mehr. Deshalb soll ich dich abholen, dass du sie dort pflegst.«

Nun hatte die Alte aber überhaupt keine Lust, die Erde

jetzt schon zu verlassen, und sie sprach zum Tod: »Dann hab' ich jetzt auch noch eine Bitte: Lass uns noch einmal Karten spielen. Weißt du, ich habe am Kartenspiel immer eine Freude gehabt. Und wir machen es so, gewinne ich, dann musst du mich hierlassen, gewinnst du, darfst du mich mitnehmen.«

Der Tod war einverstanden und dachte, dass er die Alte im Kartenspiel leicht besiegen könnte. Er wusste aber nicht, dass das Haus der Alten an einer Heerstraße lag und die Alte immer mit den Landsknechten Karten gespielt hatte. Sie kannte alle Kniffe. Die Alte mischte die Karten und gewann. Der Junker Tod runzelte die Stirne und sprach: »Lass uns noch einmal spielen.«

Dieses Mal mischte er die Karten. Aber siehe, wieder gewann die Alte, und der Junker Tod sprach: »Jetzt lass uns noch einmal spielen!«

Die Alte erwiderte: »Gut, aber mehr als drei Spiele werden nicht gespielt. Das ist immer der Brauch. Über die Zahl drei gehen wir nicht hinweg.«

Also spielten sie das dritte Spiel. Wiederum gewann die Alte, und sie sprach zum Junker Tod: »Geh nur allein hinauf, was gehen mich die Apfelbäume deiner Liebsten an, mir gefällt es noch in meinem Garten und hier auf der Erde.«

So ritt der Junker Tod traurig hinauf in den Garten der schönen Holle. Als er nun allein kam, da zürnte diese mit ihm und sprach: »Du darfst so lange mein Lager nicht mehr mit mir teilen, bis du mir die Alte heraufgebracht hast.«

Nun kamen die zwölf Heiligen Nächte und der Junker Tod wusste, dass in diesen Nächten jedem die Türe geöffnet werden musste und sei es auch der größte Feind. Und so setzte er sich nun auf sein Pferd und ritt wieder hinab zu der Alten und pochte an die Tür. Die Alte öffnete. Sie war jedoch nicht sehr erfreut, als sie den Tod schon wieder sah, aber was wollte sie machen, es waren die zwölf Nächte, und da musste ja jedem die Türe geöffnet werden.

Der Junker Tod sprach: »In diesen zwölf Nächten hat jeder einen Wunsch frei, und so habe ich nun den Wunsch, setze dich hinter mich auf mein Pferd, reite mit mir bis zur Gartenpforte meiner Liebsten und schau hinein. Und ich verspreche dir, wenn du nicht dortbleiben willst, werde ich dich wieder zurückbringen.«

Die Alte sprach: »Gut, ich kann dir diesen Wunsch nicht abschlagen, aber du musst es mir jetzt auch schwören, und du weißt, ein Schwur, ein Eid in den zwölf Nächten ist zwölffach wert.«

Und der Junker Tod, der schwor, dass er sie wieder zurückbringen würde zur Erde, wenn es ihr nicht gefallen würde. Die Alte setzte sich nun hinter den Tod aufs Pferd, und sie ritten hinauf in den Paradiesgarten.

Dort öffnete der Tod das Tor einen Spalt und sprach: »Schau einmal hinein.«

Die Alte schaute durchs Tor, und da sah sie die schöne Holle und die hatte eine Krone auf aus lauter Sternen, und sie war umgeben von lauter schönen jungen Mädchen. Aber die Apfelbäume, die sahen kläglich aus.

Da fragte der Junker Tod die Alte: »Wie gefällt dir denn der Garten, wie gefällt dir meine Liebste?«

»Ja, sie gefällt mir schon, aber siehst du, sie ist umgeben von lauter jungen Frauen, und schau doch mal an, wie alt und runzlig ich bin.«

Da sprach der Tod zu ihr: »Ja, weißt du denn nicht, wenn dich meine Liebste berührt, dann wirst du auch wieder jung und schön.«

»Ja«, zürnte da die Alte, »weshalb sagst du mir denn das nicht gleich und lässt mich noch drei Mal mit dir Karten spielen.« Und sie sprang hinein durch das Tor, die schöne Holle berührte sie, und da war die Alte wieder jung und schön geworden.

Dann aber machte sie sich an die Pflege der Apfelbäume, und seither gedeihen die Apfelbäume im Garten der Holle immer wunderbar.

Der Diakon auf Myrká

In alter Zeit gab es einen Diakon auf Myrká im Eyjafjörður; es wird nicht berichtet, wie er hieß. Er war mit einer Frau zusammen, die Guðrún hieß; sie wohnte nach Aussage mancher in Bægisá auf der anderen Seite des Flusses Hörgá und war dort die Dienstmagd des Pfarrers. Der Diakon hatte ein Pferd mit grauer Mähne, das er immer ritt; dieses Pferd nannte er Faxi.

Irgendwann kurz vor Weihnachten begab es sich, dass der Diakon nach Bægisá ritt, um Guðrún zur Weihnachtsfeier am Heiligen Abend zu bitten. An den Tagen, bevor der Diakon aufbrach, um Guðrún einzuladen, hatte es stark geschneit und gefroren, aber an jenem Tag, an dem er nach Bægisá ritt, kam ein gewaltiges Tauwetter mit Schmelzwasser, und als der Tag voranschritt, wurde der Fluss wegen Eisschollen und Hochwasser undurchfurtbar, während der Diakon sich auf Bægisá aufhielt. Als er von dort aufbrach, war er sich nicht bewusst, was sich während des Tages verändert hatte, und er meinte, der Fluss sei wie davor. Er kam auf einer Eisbrücke über die Yxnadalsá, aber als er an die Hörgá kam, hatte sich diese von dem Eisstoß gereinigt. Er ritt sie deshalb entlang, bis er sich gegenüber Saurbær befand, dem nächsten Hof vor Myrká; dort war eine Brücke über den Fluss. Der Diakon ritt auf die Brücke, aber als er in ihre Mitte gekommen war, brach sie und er fiel in den Fluss. Am Morgen danach, als der Bauer auf den Þúfnavellir aufstand, sah er ein aufgezäumtes Pferd unterhalb der Hauswiese und meinte, den Faxi des Diakons auf Myrká zu erkennen. Er erschrak darüber, denn er hatte den Diakon am Tag davor weiter oben reiten gesehen, war aber dessen nicht gewahr geworden, dass dieser zurückgekehrt wäre, und so ahnte er bald, was sich ereignet hatte. Er ging deshalb oben die Hauswiese entlang und es war, wie er es geahnt hatte, Faxi stand dort – völlig durchnässt und in furchtbarem Zustand. Daraufhin ging er den Fluss stromaufwärts zum sogenannten Þúfnavallanes; dort fand er den Diakon leblos an der Vorderseite der Halbinsel angetrieben. Sofort ging der Bauer nach Myrká und brachte die Nachricht. Der Diakon war auf der Rückseite des Kopfes von einer Eisscholle arg zugerichtet, als man ihn fand. Er wurde nach Hause nach Myrká gebracht und in der Woche vor Weihnachten beerdigt.

Seit der Diakon von Bægisá aufgebrochen war, war wegen der Schneeschmelze und des Hochwassers über diese Ereignisse keine Nachricht von Myrká nach Bægisá gedrungen. Aber am Tag vor dem Heiligen Abend hatte sich das Wetter beruhigt und das Wasser war in der Nacht abgeflossen, sodass sich Guðrún auf die Weihnachtsfeier auf Myrká freute. Als der Tag voranschritt, begann sie sich anzuziehen, und als sie fast fertig war, hörte sie, dass geklopft wurde; da ging ein Mädchen, das bei ihr war, zur Tür, sah aber keinen draußen, es war ja auch weder hell noch dunkel draußen, denn der Mond stand in Wolken und war bald frei, dann wieder verdeckt. Als das Mädchen wieder hereinkam und sagte, sie habe nichts gesehen, sagte Guðrún: »Das wird für mich sein und ich werde wohl hinausgehen.« Da war sie fast fertig angezogen, es fehlte nur noch ihr Mantel. Sie nahm ihn und schlüpfte in den einen Ärmel, den anderen aber warf sie über die Schulter und hielt ihn so fest. Als sie hinauskam, sah sie Faxi vor der Tür stehen und einen Mann daneben, von dem sie annahm, er sei der Diakon. Es wird nicht berichtet, dass die beiden miteinander gesprochen hätten. Er nahm Guðrún und hob sie auf den Rücken des Pferdes, dann setzte er sich selbst vor sie hin. Sie ritten eine Weile und sprachen nicht miteinander. Jetzt kamen sie zur Hörgá und an die steilen Ufer, und als das Pferd die Uferböschung hinuntersprang, hob sich der Hut des Diakons von hinten und da sah Guðrún den nackten Schädelknochen. In diesem Moment trieb eine Wolke vom Mond weg; da sprach er:

Der Mond gleitet,
der Tod reitet,
siehst du nicht den weißen Fleck
auf meinem Kopf,
Garún, Garún?

Da erschrak sie und schwieg. Aber andere sagen, dass Guðrún den Hut von hinten gelüpft habe und den weißen Schädel erblickte; da soll sie gesagt haben: »Ich sehe das, was ist.« Es wird weder von weiteren Unterhaltungen berichtet, noch von ihrem Ritt, bis sie heim nach Myrká kamen und am Friedhofstor abstiegen; da sagte er zu Guðrún:

Warte hier, Garún, Garún,
während ich Faxi, Faxi bringe
hinauf ins Gehege, Gehege.

Das gesprochen habend, ging er mit dem Pferd, aber ihr Blick fiel auf den Friedhof. Da sah sie ein offenes Grab und bekam furchtbare Angst, aber sie wusste sich zu helfen, indem sie das Glockenseil ergriff. In diesem Moment wurde sie von hinten gepackt und da war es ihr Glück, dass sie keine Zeit gehabt hatte, auch in den anderen Ärmel zu schlüpfen, denn so heftig wurde an ihr gerissen, dass der Mantel an der Schulternaht des Ärmels, in den sie geschlüpft war, entzwei ging. Aber das letzte, was sie von dem Diakon sah, war, dass er mit dem Fetzen ihres Mantels, den er hielt, in das offene Grab stürzte und die Erde von beiden Seiten auf ihn rieselte. Und von Guðrún ist zu berichten, dass sie ohne aufzuhören läutete; denn sie meinte zu wissen, dass sie es mit dem Wiedergänger des Diakons zu tun gehabt hatte, auch wenn sie von seinem Tod keine Nachricht erhalten hatte. Dies bestätigte sich, als sie mit den Leuten von Myrká sprechen konnte und diese ihr die ganze Geschichte vom Tod des Diakons erzählten und sie wiederum von ihrem Ritt.

In dieser Nacht, als man zu Bett gegangen war und die Lichter gelöscht hatte, kam der Diakon und suchte Guðrún arg heim, und so gewaltig war die Zauberkraft, dass die Leute aufstehen mussten und in dieser Nacht keiner schlafen konnte. Noch einen halben Monat danach konnte sie nie allein sein und immer musste jemand die ganze Nacht bei ihr wachen. Manche sagen, der Pfarrer habe an ihrer Bettkante sitzen und aus dem Psalter vorlesen müssen. Jetzt wurde ein Zauberer von Westen aus dem Skagafjörður geholt. Als er kam, ließ er einen großen Stein oberhalb der Hauswiese ausgraben und an den Giebel des Wohnhauses wälzen. Am Abend, als es finster wurde, kam der Diakon und wollte in den Hof hinein, aber der Zauberer trieb ihn nach Süden zu dem Giebel und bezwang ihn dort mit mächtigen Zaubersprüchen, wälzte dann den Stein über ihn, und dort soll der Diakon immer noch ruhen. Danach hörte aller Spuk auf Myrká auf, und Guðrún begann, sich zu erholen. Ein wenig später ging sie zu sich nach Hause auf Bægisá, aber die Leute sagen, dass sie danach nie mehr so geworden sei wie zuvor.

Der Ritter am Rackasee

Oberhalb des Ortes Fischbachau im Leitzachtal liegt der Breitenstein. Zwischen seinen Gipfel und dem benachbarten Wendelstein fügt sich eine liebliche Almlandschaft. Doch nördlich dieser Idylle liegt der schauerliche Rackasee. Er ist mittlerweile eingetrocknet und überwachsen, aber an einem sumpfigen Ring kann man das ehemalige Seegebiet erkennen. Schon immer war der See ein schauderhafter Ort: Kein Vogel landete dort, sie wichen im Flug dem See aus und auch kein Hirte näherte sich dem verwunschenen Fleck. Fasste sich doch einer ein Herz und getraute sich her, so erblickte er in der Tiefe des Sees eine versunkene Ortschaft samt Häusern, Burg und Kirche. Erhob sich über dem See ein Gewitter, so schlug der Blitz unter entsetzlichem Krachen in die Senke ein.

In den Raunächten aber ging es dort besonders wild zu: Da fing der See an zu tosen und zu brausen, sogar unter dem Eis, bis die zerbrochenen Schollen auf den Wogen tanzten.

Dann ritt ein wilder Reiter mit fliegendem Mantel auf seinem Pferd daher und jagte an einem Holzfäller vorbei, der auf seinem Schlitten rastete. Das Pferd ließ bei seiner Jagd Steine auffliegen und diese verletzten den armen Holzarbeiter an der Schulter. Die Umwohner meinen, die Erscheinung sei der umgehende Gutsherr des Schlosses, das dort einmal gestanden sei.

In einer Neujahrsnacht kam dieser schwarze Reiter einmal zu einem Schmied unten ins Tal. Er bat den Schmied, ihm den Weg zum Rackasee zu zeigen. Obwohl dem Meister unheimlich zu Mute war, führte er das Pferd hinauf in das Almgebiet. Der Ritter beschenkte ihn dafür mit einer Handvoll Geld. Doch als sie nahe zum verwunschenen Ort kamen, begann der See fürchterlich zu tosen. Auf der Stelle schickte der unbekannte Reiter den Schmied zurück, warnte ihn aber, er möge sich auf keinen Fall umdrehen und umschauen. Kaum war der Schmied einige Schritte zurückgegangen, hörte er hinter sich einen Lärm, als ob die Welt unterginge. Da konnte er sich nicht beherrschen und drehte sich um: Er sah nun, wie der Ritter in feuriger Gestalt in den See hineinfuhr, dass es nur so brodelte und zischte. Der Schmied bekreuzigte sich mehrmals und gelangte halb tot vor Schrecken zu Hause an, wo es ihn mehrere Tage aufs Krankenlager warf. Das empfangene Geld hatte sich zu seinem Verdruss in Kohlen verwandelt.

Die beiden Wildschützen

Es war an einem heiligen Christabend, als zwei Wildschützen aus Eben im Achental verabredeten, auf die Jagd ins Sonnwendgebirge zu gehen, um dort einen Spielhahn zu schießen. Eine Spielhahnfeder auf dem Hut zu tragen und damit auf dem Tanzboden den Mädchen zu imponieren, dieser Wunsch war ihnen das Risiko und die Gefahr wert. Lange schon hatten sie erkundet, auf welcher Lichtung der Spielhahn steht, seine Schwingen aufstellt, zu tanzen beginnt und sein »Diggi-daggi-dag« in die klare Winterluft ruft.

Natürlich mussten beide Obacht geben, um bei der streng verfolgten Wilderei nicht dem Jäger zu begegnen. Genau deshalb legten sie ihre heimliche Pirsch auf den Morgen des Christtages. Sie wussten nämlich, dass der Jäger da zuerst in die Morgenmesse ging und anschließend mit dem Förster im Wirtshaus zur »Krüglmesse«, also zum Frühschoppen, verabredet war. Das war also der richtige Zeitpunkt für die heimliche Pirsch.

So stiegen sie bergan, jeder einen anderen Weg und zu einer anderen Zeit.

Der eine Wildschütz schlich sich schon in der Dämmerung des Vorabends aus dem Haus und auf den Berg, denn er wollte auf jener Alm, die als Sammelplatz verabredet war, die Nacht verbringen. Droben angekommen schürte er ein kräftiges Feuer an, schnitt sich ein Stück Speck und Brot ab und trank noch einen Schnaps hinterher. Wohlig und satt legte er sich auf die Ofenbank in der Kasehütte, streckte sich aus und schlief auch bald ein.

Da, genau um Mitternacht, weckte ihn ein schrecklicher Lärm, die Tür ging krachend auf und ein wilder schwarzer Stier mit glühenden Augen sprang herein. Der Wilderer fuhr hoch, versuchte der Bestie auszuweichen, sie mit einem vorgehaltenen Tischtuch zu verwirren und von sich abzuhalten. In seiner großen Angst stieß er Verwünschungen, Flüche und Gebete aus. Er mochte sich bekreuzigen, so viel er wollte, es nützte nichts! Der Stier stieß ihn so lange mit seinen Hörnern in der Stuben herum, bis er wie tot liegen blieb. Erst dann verschwand das Biest – wie der Wildschütz noch zu erkennen glaubte – durch den Rauchfang hinaus.

Am Morgen erwachte er wie aus einem Fiebertraum, alle Knochen schmerzten ihn und er konnte sich kaum mehr rühren. Da hörte er draußen vor der Hüttentüre seinen Kameraden, den anderen Wilderer, ächzen und jammern. Mit den Fingernägeln kratzte der am Türstock und bat flehentlich um Einlass. Der Schütze in der Hütte brauchte fast eine Stunde, um auf allen vieren von der Ofenbank bis zur Türe zu kriechen und diese zu öffnen.

Der Zustand des anderen aber war nicht günstiger als sein eigener: Blutig, zerschlagen und arg zerschunden sah er ihn in die Hütte kriechen. So lagen sie jammernd beisammen und mit Mühe erzählte der Dazugekommene sein Erlebnis.

Er war im Morgengrauen aufgebrochen und den Pfad auf den Berg hinaufgestiegen, den er wohl Hunderte Mal schon gegangen war, gegen das Alptal hinein. Wie er schon fast sicher war, an Ort und Stelle zu sein, fand er sich plötzlich in ganz unbekannter Gegend wieder. Die Bäume waren verdorrt und standen wie abgebrannte Pfähle in den Himmel, es roch nach Moder und Verwesung und die Sonne konnte kaum den gelben Nebel allumher durchdringen.

Der Bursch glaubte zuerst, auf eine Irrwurzel* getreten zu sein, und strengte sich an, den rechten Pfad wiederzufinden. Plötzlich nahm die Landschaft eine bleierne Farbe an, eiskalter Wind kam auf, schwefelgelb und schauerlich leuchteten die Berggipfel, von denen er keinen einzigen je zuvor gesehen hatte. Zugleich sah er drei grüne Jäger daherkommen, auf dem Kopf trugen sie Hüte mit feuerroten Spielhahnfedern. Jedem hing ein langmächtiger Schweif hinten aus der Hose heraus, und mit ihren Geißfüßen schlugen sie laut klackend auf die Felsplatten auf. So rückten sie immer näher auf ihn zu. Da fing er wohl zum Kreuzmachen und Johannissegenbeten an, aber vergebens, er hatte keine Messe gehört und keinen Weihbrunnsegen genommen. Deshalb fassten ihn die grünen Jäger, schlugen ihn und stießen mit den Hörnern auf ihn los. Mit lautem Meckern warfen sie ihn hoch in die Luft, von wo er zu

---

* Irrwurzeln oder Irrwurzen (Radices errantes) kommen an Samerberg und Hochries, in den Berchtesgadenern und im Brixental vor. Die Irrwurzel wirkt, wenn man aus Unachtsamkeit versehentlich auf sie tritt, und führt zu tagelangem Umherirren.

Boden fiel und auf hartem Fels aufschlug. Die Teufel aber gingen mit einem Höllengelächter davon und der schwer malträtierte Wilddieb blieb lange ohnmächtig liegen.

Zum Überfluss kam noch ein Höllenwetter über ihn. Es hagelte ihm noch mehr Beulen zu den anderen ins Gesicht, bis ihn Schneeflocken gnädig zudeckten. Der kalte Schnee brachte ihn wieder zu Bewusstsein und jetzt sah er staunend, dass er direkt neben der Kaserhütte lag. Er rieb sich die Augen und wusste nicht, träumte er oder war er verhext, doch die Schmerzen erinnerten ihn an das, was geschehen war und so kroch er zur Hütte hin.

Die Wilderer konnten sich selber nicht mehr helfen und aus eigener Kraft absteigen. Sie wären verhungert, wenn nicht ein Knecht des Bauern, dem die Alm gehörte, heraufgekommen wäre, um Winterheu hinunterzuführen. Er legte die Verletzten auf den Schlitten und brachte so die beiden ins Tal. Dort wurden sie heimgetragen und lagen noch lange krank darnieder.

Seit diesem furchtbaren Erlebnis gingen die Schützen an keinem Feiertag mehr wildern, ohne zuvor den Gottesdienst besucht zu haben. Wenn sie einmal ganz früh losmussten, las ihnen der Pfarrer eine eigene Frühmesse gegen einen entsprechenden Anteil am Wildbret.

Der Tanz in Hruni

Es war einmal in alter Zeit ein Pfarrer in Hruni in der Árnessýsla, der sehr der Unterhaltung und den Freuden zuneigte. Dieser Pfarrer hatte die Angewohnheit, dass er, wenn die Leute in der Weihnachtsnacht in der Kirche eingetroffen waren, nicht im ersten Teil der Nacht die Messe las, sondern mit seiner Gemeinde ein großes Tanzfest in der Kirche hielt, mit Trunk und Spiel und anderen unangemessenen Unterhaltungen bis spät in die Nacht hinein.

Der Priester hatte eine alte Mutter, die Una hieß; ihr strebte diese Eigenheit des Sohnes sehr gegen den Sinn und sie ging deshalb oft auf ihn los. Aber ihm war das gleichgültig und er behielt diese Sitte für viele Jahre bei. In einer Weihnachtsnacht blieb der Priester länger bei dem Fest, als er es gewohnt war; da ging seine Mutter, die sowohl in die Zukunft sehen konnte als auch hellsichtig war, hinaus in die Kirche und bat ihren Sohn, mit dem Spiel aufzuhören und zu beginnen, die Messe zu lesen. Aber der Priester meinte, dass immer noch genug Zeit dafür sei, und sagte: »Noch eine Runde, liebe Mutter!« Seine Mutter ging wieder aus der Kirche hinaus. Das ging dreimal so, dass Una hinaus zu ihrem Sohn ging und ihn bat, sich Gott zuzuwenden und mit dem allen aufzuhören, bevor es schlimm ende. Aber er antwortete stets dasselbe wie zuvor. Aber als sie zum dritten Mal über den Kirchboden zu ihrem Sohn ging, hörte sie, dass dies hier gesprochen wurde, und vernahm die Strophe:

Hoch geht es her in Hruni,
die Hirten rasen herbei,
so soll der Tanz hier nun toben,
stets sich dran erinnern die Buben.
Noch ist hier Una,
und noch ist hier Una.

Als Una aus der Kirche herauskam, sah sie einen Mann an der Pforte; sie kannte ihn nicht, aber er gefiel ihr nicht, und sie meinte, sicher zu sein, dass er die Strophe gesprochen hätte. Una erschrak sehr über dies alles und glaubte nun, zu sehen, dass dies der Teufel selbst war. Da nahm sie das Reitpferd ihres Sohnes, ritt schnell zu dem nächsten Pfarrer und bat ihn, zu kommen und zu versuchen, einen Ausweg aus dieser Katastrophe zu finden und ihren Sohn aus der Gefahr zu retten, die ihm drohe.

Der Priester ging mit ihr und brachte viele Männer mit, denn das fahrende Gesinde hatte ihn noch nicht verlassen. Aber als er nach Hruni kam, waren Kirche und Friedhof mit all den Menschen versunken, und sie hörten Jammern und Schreien unten in der Erde. Immer noch sah man Spuren davon, dass auf dem Hruni ein Haus gestanden ist, denn so heißt ein Hügel, von dem der Hof, der unterhalb steht, seinen Namen hatte. Aber danach, heißt es in der Sage, wurde die Kirche unterhalb des Hruni verlegt, dorthin, wo sie heute ist, und es wird gesagt, dass niemals mehr in der Christnacht in der Kirche von Hruni getanzt worden sei.

Der Wode

Den Wode haben viele Leute in den Zwölften ziehen sehen. Er reitet einen großen Schimmel. Ein Jäger zu Fuß und vierundzwanzig wilde Hunde folgen ihm. Wo er durchzieht, da stürzen die Zäune krachend zusammen, und der Weg ebnet sich vor ihm; gegen Morgen aber richten sich die Gehege wieder auf. Manche Leute behaupten, sein Pferd habe nur drei Beine. Er reitet stets die gleichen Wege an den Türen der Häuser vorbei, und zwar so schnell, dass seine Hunde ihm nicht immer zu folgen vermögen; man hört sie keuchen und heulen. Schon manchmal ist einer von ihnen liegen geblieben.

So fand man einmal einen von Wodes Hunden in einem Hof in Wulfsdorf, einen anderen in Fuhlenhagen auf dem Feuerherde, wo er sich hingestreckt hatte, ständig heulend und schnaufend, bis ihn am folgenden Weihnachtsabend der Wode wieder mitnahm.

In dieser Nacht darf man keine Wäsche im Freien hängen lassen. Die Hunde würden sie zerreißen. Auch soll man nicht backen. Alle Bewohner müssen still zu Hause bleiben. Lässt man die Tür offen, so zieht der Wode durch, und seine Hunde verzehren alles, was sich im Hause Genießbares vorfindet.

Einst war der Wode auch in das Haus eines armen Bauern geraten, und die Hunde hatten alles aufgezehrt. Der Arme jammerte und fragte den Wode, wer ihm den Schaden ersetze, den die Hunde angerichtet hätten. Wode antwortete, er werde alles bezahlen. Bald danach erschien er mit einem toten Hunde und befahl dem Bauern, den Kadaver in den Schornstein zu werfen. Das tat der Bauer; da platzte der Balg, und lauter blanke Goldstücke fielen heraus.

Dumm-Maras Verwandlung

Es war einmal ein Mädchen, das hieß Marie. Sie war sehr traurig, da ihr Bruder gestorben war, den sie sehr geliebt hatte. Ihr Vater war meist auf Reisen, ihre Mutter war schon lange tot und ihre Stiefmutter eine hartherzige Frau. Die Stiefmutter hieß ebenfalls Marie, und deshalb rief sie die kleine Marie nur Dumm-Mara.

So geschah es denn an einem kalten Wintertag, dass die Stiefmutter überlegte, wie sie der kleinen Marie eine schwere Aufgabe geben konnte. »Dumm-Mara!«, rief sie. »Geh, wasch die Kleider, damit sie für den Kirchgang sauber sind. Es ist kein Wasser im Haus. Du musst zum Brunnen.«

»Aber der Brunnen ist doch zugefroren«, sagte Marie.

»Komm mir nicht mit Ausreden, sonst wird es dir schlecht gehen!«, antwortete die Stiefmutter.

Also ging Marie mit der Wäsche zum Brunnen. Sie hatte ein schlechtes Gewissen, denn sie wusste wohl, dass man an den Rauhnachttagen nicht waschen soll – und wie sollte sie das auch tun, wo doch der Brunnen zugefroren war? So saß Marie am Brunnen und weinte.

Da brach das Eis, und aus der Tiefe des Brunnens kam ein warmer Hauch. Marie blickte in den Brunnen und sah eine golden glänzende Leiter, die in die Tiefe führte. Marie zögerte, doch dann fasste sie sich ein Herz und stieg hinab.

Als sie unten am Brunnengrund angekommen war, war dort ein kleines Bächlein, das munter plätscherte. Es floss durch ein kleines Tor, und dahinter war eine blühende Sommerwiese. Marie staunte und folgte dem Fluss des Bächleins. Den Korb mit Wäsche hatte sie noch auf dem Rücken. Sie nahm ihn ab und begann, die Kleider im Bächlein zu waschen. Da trat eine Frau auf sie zu, die war groß und strahlend, wie eine Königin.

»Kind, weißt du nicht, dass du in der Zeit der Rauhnächte nicht waschen darfst? Das ärgert die Frau Holle.«

Marie wurde rot und verneigte sich. »Verzeiht mir, Herrin. Ich weiß es wohl, doch meine Stiefmutter hat es mir befohlen.«

Die Dame sah Marie streng an. »Noch dazu wäschst du in meinem Bach. Auch das ist nicht erlaubt. Nun musst du bei mir bleiben und mir dienen.«

Marie dachte sich, dass es nicht schlimmer sein konnte als bei ihrer Stiefmutter, und so neigte sie den Kopf und folgte der Dame in ein großes Haus. Dort gab es viel zu tun: Zu putzen, zu kochen, zu spülen, zu backen und die Betten zu machen. Nur das Ausschütteln der Betten wollte die Herrin selbst tun: »Wenn ich die Betten schüttle, schneit es auf der Erde!«, sagte sie.

Marie tat fleißig alles, was ihr geheißen wurde, und die Herrin gewann sie lieb. Abends am Feuer erzählte sie

Marie von Geheimnissen und wilden Dingen, auch von den Unterirdischen und den Himmlischen. Sosehr sich Marie auch bemühte, sich die Geschichten zu merken, so waren sie doch wie Träume, an die sich die Gefühle wohl erinnern, aber nicht die Gedanken.

Manchmal kamen wilde Reiter, und die Herrin ritt mit ihnen aus. Marie hütete dann das Haus, und da sie alles in Ordnung hielt, lobte sie die Herrin. Eines Tages sprach sie: »Marie, du hast mir gut gedient, und ich würde dich gern bei mir behalten, doch das geht nicht. Bevor du mich aber verlässt, will ich dir noch ein Geschenk machen. Tritt durch die Tür, die du bisher nicht öffnen durftest, mein liebes Kind.« Sie strich Marie zart über den Kopf, und Marie fühlte sich, als hätte ein Engel sie geküsst. »Denk an das, was dir am liebsten ist.«

Marie tat, wie ihr geheißen. Sie öffnete die Tür und trat in einen Garten, der war noch wunderbarer als alles, was sie bisher gesehen hatte. Jemand rief sie beim Namen, und ihr Herz machte einen Satz: Das war Johannes, ihr Bruder! Sie hatte sich gewünscht, ihn noch einmal wiederzusehen, und nun war er hier.

Die Geschwister fielen sich in die Arme, und Marie sah, dass ihr Bruder nicht mehr schwach und krank war, wie zu der Zeit, als er von ihr gegangen war – er sah stark und gesund aus, und aus ihm strahlte ein inneres Leuchten.

Als es dämmerte, verabschiedete sich ihr Bruder. »Hab keine Angst, Marie. Mir geht es so gut hier – und eines Tages wirst du wiederkommen und bei mir bleiben. Bis es so weit ist, werde ich immer über dich wachen und sehen, dass es dir gut ergeht!«

Marie weinte ein wenig, aber nicht sehr, denn die Worte des Bruders hatten sie sehr getröstet. Johannes nahm sie bei der Hand, führte sie zu einem Tor und gab ihr einen Abschiedskuss.

Als Marie durch das Tor trat, wurde es mit einem Mal ganz kalt, und sie stand vor dem zugefrorenen Brunnen. Ihr Korb mit der gewaschenen Wäsche stand auch dort, und zwischen den Kleidern funkelten Gold und Juwelen. Eilig sprang Marie nach Hause. Was würde wohl die Stiefmutter sagen – Marie war doch lange Zeit fort gewesen.

Doch die Stiefmutter wunderte sich gar nicht darüber, denn in der Welt außerhalb des Brunnens war nur eine Stunde vergangen. Sie wollte Marie schon ausschelten, da sah sie, dass nicht nur die Wäsche gewaschen war, sondern wie neu aussah – und dass der Korb voller wertvoller Edelsteine und Gold war.

»Ja, Dumm-Mara, wie hast du das gemacht?«, fragte sie und versuchte freundlich zu sein. Marie erzählte ihr alles.

Ohne weitere Worte zu verlieren, raffte die Stiefmutter alte, schmutzige Kleider zusammen und lief aus dem Haus, zum Brunnen. Aber der war zugefroren. Wütend schlug sie mit einem Stein auf das Eis, bis es brach. Tatsächlich: Da war kein Wasser, aber eine rostige Leiter. Sie stieg hinab und kam an das Bächlein am Grunde des Brunnens.

Sie folgte dem Bächlein ein Stück und begann, die schmutzigen, alten Kleider in den Bach zu halten. Da kam die Herrin und sah sie zornig an. Doch die Stiefmutter tat, als wäre sie ganz unterwürfig und gehorsam – und auch sie wurde zu dem großen Haus geführt, in dem sie dienen sollte. Doch sie wollte nicht dienen, sondern war begierig nach dem Gold und den Edelsteinen und tat, was ihr aufgetragen ward, nur halbherzig und widerwillig. Immer wieder versuchte sie, die Tür zu öffnen, die ihr die Herrin verboten hatte.

So dauerte es nur wenige Tage, bis die Herrin zu ihr sagte: »Du hast mir genug gedient. Gehe durch die Tür, durch die du immer gehen wolltest. Sie ist nun offen. Denke an das, was du dir wünschst – und du wirst deinen Lohn erhalten.«

Ohne weitere Worte wandte sich die Stiefmutter um und öffnete die Tür. Doch da war kein zauberhafter Garten, sondern ein düsterer Sumpf, in dem Feuer loderten und unheimliche Geister sie mit roten Augen anstarrten.

Viele Tage irrte die Stiefmutter umher, bis sie an ein Tor kam. Dort stand die Herrin, doch zweimal so groß wie zuvor.

»Wisse, Elende, dass ich die Frau Holle bin, die Herrin der Unterwelt. Dein schlechtes Herz hat sich seinen Lohn geholt. Und nun hinaus mit dir!«

Das Tor sprang auf, und die Stiefmutter wurde wie von der Hand eines Riesen hinausgeschleudert. Mit zerzaustem Haar, zerrissenen Kleidern und einem Korb voll schmutziger Wäsche stand sie wieder vor dem zugefrorenen Brunnen. Langsam ging sie nach Hause.

Doch ihr Herz war nicht ganz böse, sonst wäre sie nicht so leicht davongekommen. Von Stund an hieß sie die kleine Marie nie mehr Dumm-Mara, sondern nur das Goldmariechen, und behandelte sie wie ihr eigenes Kind. Und im Laufe der Zeit gewannen sich die beiden sogar lieb.

Marie aber lebte lange und glücklich, und immer, wenn sie doch einmal traurig wurde, dachte sie an Frau Holle und an Johannes, ihren Bruder, der immer über sie wachte und den sie eines Tages wiedersehen würde.

Knecht Ruprecht

Einmal, so im Mittwinter, als der Wilde Jäger unterwegs war, verlor ein Tier aus seinem Gefolge die Eisen. Sein Reiter musste mit Pferd und Hund zurückbleiben und verirrte sich, als er den hohen Zug einholen wollte.

Endlich stieß er auf die Hütte einer armen Witwe, die hauste mit ihren Kindern mitten im Wald. Der Reiter, ein alter graubärtiger Geselle, warf die Tür auf, trat mit dem Hund ein, der auch gleich die Kleinen anfuhr, dass eines von ihnen niederstürzte, und verlangte zu essen und zu trinken. Die arme Frau erschrak sehr. Sie fragte nicht nach dem Namen, noch nach dem Woher und Wohin, brachte hastig, was gerade auf dem Herd stand, und wollte den Gast zufriedenstellen. Der aß und trank, streckte die Beine von sich, lehnte müde gegen die Wand und versuchte, auf der Bank einzuschlafen.

Doch die Frau hatte ein Lichtlein auf den Tisch der Kinder gestellt, das flammte und knisterte, sodass es dem Reitknecht in den Augen wehtat. Er schloss die Lider, aber der Glanz schien hindurch. Nach den grauen Tagen in Regen und Sturm war ihm selbst dies kleine Lichtlein zu hell.

Er befahl deshalb barsch der Frau: »Lösche das Licht aus, siehst du nicht, dass ich schlafen will?«

Aber die Mutter schüttelte den Kopf, und obschon sie viel Furcht hatte, widersprach sie und antwortete: »Löschen darf ich es nicht. Es winkt der lieben himmlischen Frau, damit das Sonnenlicht heimkommt und der Winter vorübergeht.«

Gegen solchen Namen wagte der Knecht nichts zu sagen, er wusste, dass sein Herr Tag für Tag nach ihr Ausschau hielt. Er brummte deshalb nur, wandte den Kopf und versuchte wieder zu schlafen. Es gelang ihm noch nicht, die Kleinen saßen um den Tisch und sangen leise. Da verlangte er rau, das Singen sollte unterbleiben. Aber die Mutter verbot den Kindern die zarten Stimmen nicht, obwohl sie nun doppelte Furcht hatte. »Hörst du denn nicht«, fragte sie, »dass es ein Lied zur Weihnacht ist? Ach, wie käme die himmlische Frau, das Licht zu uns zu bringen, wenn wir sie nicht mit dem Singen der Kinder riefen?«

Wieder wagte der Knecht nicht, hart zu antworten. Als das Weib indes hinging und die Tür ein wenig öffnete, obwohl kleine Flocken hereintanzten und der Wind den Rauch vom Herd zu Wirbeln trieb, geriet der Reiter außer sich: »Was hast du jetzt vor? Du weißt, dass ich friere und schlafen will!«

Die Frau entgegnete sanft: »Die Wittfrau muss doch die Kinder hören und das Licht sehen, sie könnte sonst vorübergehen!«

Als der Knecht nun so viel von jener vernahm, die sein Herr auf langen, langen Ritten vergeblich suchte, wunderte er sich. Er blinzelte sogar nach der Türspalte, ob nicht wirklich eine Fremde vorbeikäme, aber er sah nur das Gesicht der Mutter, das voll Hoffnung nach draußen schaute. Da wurde er bedrängt in seinem Herzen und wollte seine Rauheit an den Kindern gutmachen. Und weil er das eine, das sein Hund umgeworfen hatte, noch bluten sah, stand er auf, trat hinzu und strich ihm über die Wunde. Gleich hörte das Rinnen auf.

Die Kinder aber, die, als er nahe kam, vor Furcht die Köpfe niedergebeugt hatten, ohne im Singen einzuhalten, sahen, dass der fremde Mann es gut meinte und fassten Vertrauen zu ihm. Und eines, das großen Hunger hatte, fragte, ob es nicht etwas von seinem Brot haben dürfe.

Da brach er von dem Laib, den ihm die Frau hingestellt hatte. Er gab sich sogar Mühe und besprach das Brot, sodass es süß wie Kuchen schmeckte. Und weil das Lied jetzt wirklich zu Ende war, trauten sich die Kinder näher zu dem wilden Knecht. Ein kleines Mädchen zeigte ihm ein Pferdchen, dem fehlten Kopf und Schwanz.

»Oh, wenn es weiter nichts ist«, lachte der Mann und ging daran, beides wieder anzuflicken. Währenddessen dachte er heimlich an seinen Herrn, der auch in der Heiligen Weihnacht die Menschen beschenkt, und sah auf die Mutter, die ihm zuschaute und deren Augen glänzten, wie solches Licht gewiss nur von der himmlischen Frau Antlitz bekommt. Da gefiel es ihm, eifrig zu helfen, und als ein Knabe einen Hund haben wollte, knetete er ihm gleich einen, der wahrhaftig laufen und bellen konnte.

Wie schrien und hüpften die Kinder da und wünschten sich gleich alle ein Spielzeug. Der Knecht musste seine Finger schon fleißig gebrauchen; ein Geschenk nach dem anderen sprang daraus hervor: Puppen und Bälle zum Werfen für die Mädchen, Wagen und Reitersleute für die Jungen, und ich weiß nicht was alles. Und je mehr die Kinder lachten und je dankbarer die Frau ihm zusah, umso eilfertiger wurde der Mann. Als er einen Apfel fand, den das arme Weib verwahrt hatte, machte er gleich einen Tisch voller Äpfel daraus, und als das Kleinste ihm zwei Nüsse zeigte, mit denen es spielte, da wusste er es so einzurichten, dass ein praller Beutel davon in der Kammer stand. Denn wenn er auch nur ein Knecht des Wilden Jägers war, so wusste er doch mit allerhand guten Künsten Bescheid.

Wie der Mann nun mitten im Werk war, zog von draußen noch einmal eine furchtbare Sturmböe heran. Und gerade als die Frau sich doch zu fürchten begann und die Tür schließen wollte, sprang sie krachend auf. Der Wilde Jäger trat über die Schwelle und hinter ihm ein allmächtiges Gedränge von hohen Herren und holden und unholden Gesellen. Die lachten dröhnend, als sie den Alten mitten unter den Kindern sahen, das Spielzeug in der Hand.

»Was tust du hier?«, murrte der Wilde Jäger.

Der Knecht, der eben noch froh gewesen war, den Reitern wiederzubegegnen, merkte erschrocken, dass er sich verantworten sollte.

»Ach«, sagte er, »das ist schwer zu erklären. Seht, Herr, die Kinder sangen die himmlische Frau herbei. Wie mich dünkt, für uns alle. Man soll solches Singen nicht geringachten und es belohnen.«

»Er war so gut zu den Kleinen«, sagte die Witwe fürbittend und streckte die Hände aus.

Der Wohljäger sah sie an, aber es war sogleich, als schaute er über sie alle hinweg. Dann wandte er sich seufzend dem Reiter zu. »So bleib noch«, befahl er, »und geh auch in die anderen Häuser und lass alle Kinder singen.

Vielleicht, dass sie, die wir suchen, sich doch rascher zu uns wendet, wenn sie es hört.«

Da freute sich der Knecht – Ruprecht hieß er – und ist dem auch gehorsam gefolgt. Und er geht noch heute jährlich durch die Häuser, um die guten, singenden Menschen zu beschenken.

Aber auf Griesgrame und Besserwisser, auf Faulpelze und Hagestolze lässt er Ruten und Plagen fallen. Denn er ist ein alter Reiter und fackelt nicht lange.

Viktor Rydberg

Die Abenteuer des kleinen Wigg am Weihnachtsabend

Der Harschschnee lag glänzend über der Heide, auf der man, so groß sie auch war, nur eine einzige menschliche Behausung erblickte, und das war eine kleine Hütte, alt und grau.

Die armen Tröpfe, die darin wohnen, mögen ein trübseliges Leben führen! – so dachte wohl mancher Reisende, der dort vorüberfuhr. Und karg sah es aus auf der Heide, selbst im Sommer, das lässt sich nicht leugnen. Heidekraut und Feldsteine, Krüppelkiefern und mancherlei Gestrüpp – das war alles, womit sie das Auge zu erfreuen vermochte. Doch die Hütte an sich war in ihrer Art schon gut genug. Die moosbewachsenen Wandbalken hatten einen gesunden Kern und hielten verlässlich zusammen gegen Wind und Kälte. Der Schornstein erhob sich breit und selbstbewusst über das Torfdach, das während des Sommers grünem Samt glich und sich mit rotgelben Blumen schmückte. In dem Gärtchen am Giebel wuchsen dann Kartoffeln, Mohrrüben und Kohl und an der Einfriedung Mohn, Ringelblumen und Rosen. Dort stand auch ein Apfelbaum und unter ihm eine kleine Bank. Das Fenster hatte eine Gardine, die immer weiß war.

Hütte und Gärtchen gehörten Mutter Gertrud, und sie wohnte dort mit einem Bürschchen, das Wigg hieß.

Es war früh am Morgen gewesen, als Mutter Gertrud fortging, um beim Dorfkrämer in der abgelegenen Ortschaft Einkäufe zu machen. Nun rüstete sich die Sonne zum Untergang, doch Mutter Gertrud war noch nicht heimgekommen. Wigg befand sich allein in der Hütte. Es herrschte Stille ringsumher, so weit die Heide reichte. Während des ganzen Tages war nicht ein Glöckchen zu hören und kein Wegfahrer zu sehen gewesen.

Wigg lag auf den Knien, die Ellbogen gegen den Tisch gestützt, und blickte zum Fenster hinaus. Das hatte vier Scheiben: drei waren mit Eisblumen überzogen, die vierte hatte er angehaucht, sodass das Eis abgetaut war. Er wartete auf Mutter Gertrud, die ein Weizenbrot, einen Pfefferkuchen und ein Zweiglicht mitbringen wollte, denn es war Heiliger Abend. Aber noch immer war nichts von ihr zu sehen. Die Sonne ging unter, und die Wolken am Himmelsrand leuchteten wie die schönsten Rosen. Über die Schneedecke der Heide ergoss sich ein blassroter Schimmer. Bald verschmolzen alle Farben zu einem frostigen Blaurot, und die Himmelsfeste dunkelte.

Noch dunkler wurde es im Innern der Hütte. Wigg ging an den Herd, wo ein paar verglimmende Glutstücke in der Asche lagen. Es war so still, dass er, wenn die Holzschuhe an seinen Füßen auf den Boden klapperten, glaubte, man könnte es über die ganze Heide hören. Er setzte sich an den Herd und grübelte, ob der Pfefferkuchen, auf den er wartete, wohl einen Kopf, vergoldete Hörner und vier Beine hätte. Er sann auch darüber nach, wie es den Dompfaffen und den Buchfinken am Heiligen Abend ergehen mochte.

Es lässt sich schwer sagen, wie lange Wigg so gesessen hatte, als er auf einmal Schellengeläut vernahm. Er lief ans Fenster und drückte die Nase gegen die Scheibe, um zu sehen, wer das sei. Mutter Gertrud kam freilich nicht mit Glöckchen daher.

Alle Lichter des Himmels waren angezündet. Sie funkelten und strahlten. Fernab bewegte sich etwas Schwarzes auf dem Schnee. Es kam näher und näher, und immer stärker tönte der fröhliche Klang der Glöckchen.

Wer mag das sein, der dort fährt? Er hält sich ja gar nicht an den Weg, sondern kommt quer über die Heide! Wigg wusste sehr wohl, wo der Weg verlief, er, der im Sommer da draußen Heidel- und Preiselbeeren gepflückt hatte und weit umhergestreift war – mehrere hundert Ellen von der Hütte nach allen Richtungen! Hinter solchen Glöckchen müsste man fahren und selber lenken dürfen! Kaum hatte Wigg diesen Wunsch ausgedacht, als das Gefährt auch schon heran war und vor dem Fenster hielt.

Es war ein Schlitten, bespannt mit vier Pferden, kleiner als die kleinsten Fohlen. Sie waren stehen geblieben, denn der im Schlitten Sitzende zog die Zügel straff; aber sie schienen keineswegs erfreut darüber, verschnaufen zu können, denn sie schnaubten, wieherten, schüttelten ihre Mähnen und scharrten den Schnee auf.

»Sei nicht ungebärdig, Rapp! Ruhig, Schnapp! Hott, nimm dich zusammen! Flott, halt dich im Zaum!«, rief der im Schlitten. Dann sprang er heraus und trat ans Fenster heran.

Einen solchen Erdbewohner hatte Wigg noch nie gesehen. Aber er hatte ja auch noch gar nicht sehr viele Leute zu Gesicht bekommen. Es war ein altes Männlein, gerade recht für solche Pferdchen. Sein Gesicht war voller Runzeln, und der lange Bart ähnelte dem Moos auf dem Hüttendach. Seine Kleider waren von Kopf bis Fuß zottig. In dem einen Mundwinkel steckte eine Stummelpfeife, aus dem andern ringelte Rauch.

»Guten Abend, Stupsnas!«, sagte er.

Wigg fasste sich an die Nase und erwiderte: »Guten Abend.«

»Ist jemand zu Hause?«, fragte der Alte.

»Du siehst doch, dass ich zu Hause bin.«

»Ja, du hast recht. Ich habe etwas dumm gefragt. Aber drinnen bei dir ist es so dunkel, obgleich Heiliger Abend ist.«

»Ich kriege ein Weihnachtsfeuer und ein Weihnachtslicht, wenn Mutter heimkommt. Ein Licht mit drei Zweigen!«

»Ach, Mutter Gertrud ist noch nicht heimgekommen, und da bist du allein und musst wohl noch ein gutes Weilchen allein bleiben. Fürchtest du dich nicht?«

»Ein schwedischer Junge!«, entgegnete Wigg. Das hatte ihn Mutter Gertrud gelehrt.

»Ein schwedischer Junge!«, wiederholte der Alte, rieb sich die Fausthandschuhe und nahm die Pfeife aus dem Mund. »Hör mal, Bürschchen, weißt du, wer ich bin?«

»Nein«, erwiderte Wigg, »aber weißt du denn, wer *ich* bin?«

Der Alte nahm seine Pelzmütze ab, verbeugte sich und sagte: »Ich habe die Ehre, mit Wigg zu sprechen, dem unverzagten Recken der Heide, der gerade sein erstes Paar Hosen anbekommen hat, dem Helden, den selbst der längste Bart nicht schreckt. Du bist der Wigg, und ich bin der Weihnachtswichtel. Habe ich die Ehre, bekannt zu sein?«

»Oh, du bist der Weihnachtswichtel? Dann bist du ein lieber Alter. Mutter hat oft von dir erzählt.«

»Vielen Dank für das Lob! Es ist jedoch so eine Sache damit. Aber, Wigg, wie wär's, willst du mit hinausfahren?«

»Das möchte ich schon, aber ich darf wohl nicht. Wenn Mutter heimkommt und ich nicht da bin – was dann?«

»Ich verspreche dir, dass du vor der Mutter wieder zu Hause sein wirst. Ein Mann steht zu seinem Wort – wie eine Frau zu ihrem Beutel. Nun komm!«

Wigg lief hinaus. Aber wie kalt draußen – und wie dünn er angezogen war! Das Lodenhemd spannte sich so eng um den kleinen Leib, und die Holzschuhe hatten wieder die Hacken der Strümpfe durchgescheuert, die Mutter Gertrud schon so oft geflickt hatte. Der Weihnachtswichtel aber schloss die Tür, hob Wigg in den Schlitten, hüllte die Pelzdecke um ihn, paffte ihm eine kleine Rauchwolke in die Nase, sodass er niesen musste, und – heidi, schon ging es los.

Rapp und Schnapp, Hott und Flott flogen in sausender Fahrt über den Schnee, und die silbernen Schellen klangen über die Heide, als läuteten alle Glocken des Himmels.

»Darf ich lenken?«, fragte Wigg.

»Nein, dazu bist du noch zu grün hinter den Ohren«, antwortete der Wichtel.

»Mag sein«, versetzte Wigg.

Bald hatten sie die Heide hinter sich und waren mitten in dem finsteren Wald, von dem Mutter Gertrud immer erzählt hatte, wo die Bäume so hoch standen, als hingen die Sterne an ihren Zweigen. Zwischen den Stämmen schimmerten bisweilen Lichter von einer menschlichen Behausung. Vor einem kleinen Stall brachte der Wichtel sein Gespann zum Stehen.

Zwischen den Steinen am Fuße des Stalls lugte ein Kopf mit zwei funkelnden Augen hervor, die sich auf den Wichtel hefteten. Das war der Kopf der Ringelnatter, der sich alsbald zu einem höflichen Gruß krümmte. Der Wichtel lüftete zur Erwiderung seine Pelzmütze und hob an:

»Snok, Snok, Ringelstert,
sag mir, was das Haus ist wert.«

Die Ringelnatter antwortete:

»Der Fleiß wohnt hier
als steter Gast –
drei Kühe schier,
ein Pferd für Last.«

»Das ist nicht viel«, sagte der Wichtel, »aber es wird sich schon mehren, wenn Mann und Frau so emsig sind. Sie haben mit leeren Händen angefangen und müssen noch ihre Eltern unterstützen. Na, und wie pflegen sie die Kühe und das Pferd?«

Die Ringelnatter antwortete:

»Euter strotzend, Melkeimer füllig,
Pälle wohlgenährt und arbeitswillig.«

»Noch ein Wort, Snok Ringelstert: Was hältst du von den Kindern des Gehöfts?«

Snok Ringelstert antwortete:

»Maid und Bursch ein gefälliges Bild,
des Knaben Wesen etwas wild,
des Mädchens Art recht hold und mild.«

»Sie sollen ihre Weihnachtsgaben haben«, sagte der Wichtel. »Nun gute Nacht, Snok Ringelstert, und guten Weihnachtsschlaf!«

»Gute Nacht, ihr beiden, Rapp und Schnapp!
Gute Nacht, ihr beiden, Hott und Flott!
Gute Nacht, lieber Wichtel, behüt dich Gott!«,

versetzte die Ringelnatter und zog den Kopf ein.

Hinter dem Schlittensitz stand eine Kiste. Die öffnete nun der Wichtel und holte allerlei Sachen daraus hervor, eine Fibel und ein Federmesser für den Jungen, einen Fingerhut und ein Gesangbuch für das Mädchen, ein Bund Garn, ein Rietblatt und ein Weberschiffchen für die Mutter, einen Kalender und eine Mora-Uhr für den Vater sowie je eine Brille für den Großvater und die Großmutter. Außerdem füllte er die Hände mit etwas, dem Wigg nicht ansehen konnte, was es war.

»Das sind Glück- und Segenswünsche«, sagte der Wichtel.

Und dann schlich er sich mit Wigg an die Hütte heran. Da drinnen saßen alle um das prasselnde Herdfeuer, und der Vater las vom Jesuskind aus der Bibel vor. Der Wichtel legte leise und unbemerkt seine Gaben an die Tür und kehrte mit Wigg zum Schlitten zurück. Dann ging es wieder fort, weiter durch den finsteren Wald.

»Ich habe das Kind, von dem sie da drinnen in der Hütte lasen, sehr lieb«, sagte der Wichtel, »aber ich will nicht verhehlen, dass ich auch den alten Thor von Thrudheim mag.«

»Wer ist der alte Thor von Thrudheim?«, fragte Wigg.

»Oh, ein wahrer Prachtkerl, ein sehr weitläufiger Verwandter von mir«, erwiderte der Wichtel. »Er war hart gegen die Bösen: die schlug er mit seinem Hammer. Die Ehrlichen aber und die Mutigen und die Arbeitsamen hatte er gern. Am liebsten mochte er den Bauern, der seinen Boden ordentlich bestellte und tüchtige Jungen aufzog. Wenn Gefahr das Land bedrohte, rief Thor von Thrudheim den Bauern zu: ›Auf, ihr Männer!‹ Und dann griffen sie zu Schild und Schwert und sammelten sich von Berg und Tal, und der Feind widerstand nimmermehr ihren derben Hieben. – Du sollst auch ein braver Kerl werden, Wigg.«

»Versteht sich«, sagte Wigg.

»Aber jetzt«, fuhr der Wichtel fort, »hat Thor seinen Hammer dem Jesuskind zu Füßen gelegt, denn es ist das Beste, so meint er, mit Güte zu verfahren.«

Als der Wichtel das nächste Mal anhielt, befanden sie sich an einer Scheune nahe einem Bauernhof.

Von der Tenne her hörte man ein dumpfes, taktmäßiges Klopfen wie von Dreschflegeln, doch dieses Geräusch wurde fast übertönt von einem Bach, der mit Steinen und Tannenwurzeln sein Spiel trieb. Der Weihnachtswichtel pochte an die Klappe der Scheunenluke, und sie sprang auf. Drinnen standen zwei lustige kleine Burschen mit buschigen Augenbrauen, runden Wangen, roten Zipfelmützen und grauen Jäckchen. Sie droschen beim Schein einer Laterne, dass der Staub nur so aufwirbelte.

Der Weihnachtswichtel nickte und sagte:

»Kobold, Kobold, Butzetrimmer,
drescht ihr auf der Tenn' noch immer?«

Die Kobolde erwiderten, während sie die Dreschflegel auf- und niederfahren ließen:

»Der Flegel dresch' und schnaufe,
klicke-klacke-klober!
Gerütteltvoller Haufe,
dichter, draller Schober.«

»Aber am Heiligen Abend kann man sich doch etwas Ruhe gönnen«, meinte der Wichtel.

Die Gnome versetzten:

»Das Korn recht geil,
das Brot recht rund.
Jegliche Weil',
jegliche Stund'
hat Gold im Mund.«

»Aber ihr erinnert euch doch wohl, wann und wo wir uns treffen wollen?«

Die Gnome nickten und erwiderten:

»In einer Stund' beim Riesen vom Berg.
Nun lebewohl, du guter Zwerg!«

Der Wichtel öffnete die Kiste, nahm die Hände voller Weihnachtsgaben und eilte zu Vater, Mutter und Kindern auf den Hof. Unter den Gaben war eine Soldatenbüchse; denn eine solche muss jeder Mann zum Schutze seines Landes haben.

So ging es von Hütte zu Hütte und von Hof zu Hof. Am behaglichsten, fand Wigg, sah es im Pfarrhause aus, wo er zum Fenster hineinschaute. Dort saß der alte Pastor, den Wigg sehr wohl kannte – war der doch mehrmals in der Heidehütte gewesen, um zu hören, wie sich Wigg im Fibellesen verbessert habe, und hatte dem Jungen so manches Mal aufmunternd seine Hand auf den Kopf gelegt. Die Pastorsfrau und die hübschen Töchter kannte er ebenfalls; sie waren immer so nett zu Mutter Gertrud. Der Weihnachtswichtel schätzte den Pfarrhof auch sehr, denn hier waren die Menschen stets freundlich zueinander, auch zu den Haustieren, und trachteten danach, alle glücklich zu sehen.

Der Pfarrhauskobold kam aus der Scheuer heraus und begrüßte den Weihnachtswichtel.

»Hier ist gewiss alles in gutem Schick«, sagte der Wichtel.

»Ja, hier steht es trefflich«, antwortete der Pfarrhauskobold, »aber dennoch habe ich eine Klage vorzubringen.«

»Dann lass hören.«

»Nun, Grimma, das Kälbchen, war eines Tages im vorigen Sommer sehr traurig, als es keine Milch mehr zu trinken bekam.

Grimma am Gatter
weinte und sprach:
Nun ist meine Mutter
für anderer Butter
gemolken – o weh!
Nun muss selber ich raufen,
den Sommer lang laufen
mit hungrigem Magen
im grasigen Hagen;
mein kleines Maul
ist schon ganz faul
vom Schnappen nach Gras auf der Weide,
in Busch, Gehölz und Heide!

Hätt' Milch gebraucht bis zum Fest noch –
ist Grimma so jung, so jung doch!«

»Wie steht es jetzt mit Grimma?«, fragte der Wichtel.

»Oh, sie frisst Gras und Heu mit den andern Kühen um die Wette und ist so fett, dass sie ordentlich glänzt.«

»Dann gibt es ja nichts zu klagen!«, sagte der Wichtel.

»Das fand ich zwar auch, aber ich habe ihr doch versprochen, dir die Sache zu erzählen.«

»Und was man verspricht, muss man halten – da hast du recht«, entgegnete der Wichtel. »Gehab dich nun wohl, Pfarrhofkobold! Wir treffen uns bald wieder.«

Wie der Weihnachtswichtel und Wigg so ihre Fahrt fortsetzten, begegnete ihnen im Wald ein Kobold, der die Lippen hängen ließ und verdrießlich dreinschaute.

»Wohin des Weges, Sippengefährte?«, fragte der Wichtel.

»Nisse wetzt sich seine Schuh' glatt,
um zu suchen andre Wohnstatt«,
versetzte der Kobold.

»Weshalb denn das?«, forschte der Wichtel.

Griesgrämig erwiderte der Kobold:

»Der Vater pflegt zu naschen
aus allerlei Flaschen,
die Mutter hält nichts vom Waschen,
die Kinder sind gemein
und nimmermehr fein.«

»Versuche trotzdem, noch ein Jahr zu bleiben«, bat der Weihnachtswichtel, »sonst geht jeglicher Hausfriede mit dir dahin. Vielleicht bessert es sich, dann kann ich im nächsten Jahr mit Gaben zu euch kommen.«

»Na schön, weil du mich bittest!«, sagte der Kobold und kehrte um.

Nach einer Weile hielt der Wichtel vor einem großen Gebäude, wo es aus vielen Fenstern leuchtete.

»Hier gibt es Weihnachtsgeschenke in Hülle und Fülle«, sagte der Wichtel und öffnete seine Kiste.

Wigg staunte über den Zierrat, den er erblickte: Armbänder und Halsketten, Broschen, Schnallen und Spangen, Samt und Seide. Es glitzerte von Gold, Silber und Edelsteinen. Er entdeckte künstliche Blumen und roch an ihnen, aber sie hatten keinen Duft. Außerdem sah er falsche Locken und falsche Zöpfe, und über die wunderte er sich am meisten.

»Was ist das?«, fragte er.

»Das ist Angelgerät«, entgegnete der Wichtel und blinzelte mit einem Auge. »Mit solchem Zubehör fangen die Fräulein ihre Fische.«

»Aber was ist das?«, fragte Wigg weiter und zeigte auf einen goldenen Stern, den der Gutsherr am Rock tragen sollte.

»Das ist ebenfalls Fischgerät«, versetzte der Wichtel.

Das konnte Wigg nicht recht begreifen; er hatte noch nie mehr als ein Fischwerkzeug gesehen, und das war eine Angelrute gewesen.

Der Wichtel steckte Wigg einen Fruchtkern in die Tasche, und das machte ihn den Augen anderer unsichtbar. Dann gingen sie die große Treppe hinauf. Dort standen Knechte und gähnten. Darauf gelangten sie in einen prächtigen Raum, von dessen Decke ein Kronleuchter herabhing. Dort saß die gnädige Frau und gähnte, während die

Fräulein ein farbig ausgemaltes Bild betrachteten, das sie über das Allerwichtigste in ihrem Erdenleben unterrichtete: nämlich wie sich die Leute jüngst in Paris kleideten. Der Herr und Gebieter saß halb schlummernd, die Hände über dem Bauch gefaltet, und dachte über seine hohe Bildung nach – hatte er doch in seiner Jugend Latein gelernt, späterhin allerdings, was er gelernt, wieder vergessen. Sein Nachbar, der alte Schöffe, war dagegen ein ungebildeter Mann; der kannte nur seine Bibel und das Gesetzbuch und sonst noch ein bisschen, hatte aber – der arme Tropf – kein Latein gehabt, das er vergessen konnte.

Der Wichtel lieferte seine Gaben ab, die – mit Ausnahme des Sterns – kühl entgegengenommen wurden. Als ihn der Wichtel überreichte und sagte, es sei ein Geschenk des Königs an den Gutsherrn, stand dieser auf, verneigte sich lächelnd und sprach von der hohen Huld des Königs und seiner eigenen Unwürdigkeit. Darauf ging er in das nächstgelegene Zimmer, wo er sich unbeobachtet glaubte, stellte sich vor den Spiegel und heftete sich den Stern an die Brust. Und eins, zwei, drei – tat er einen Sprung, machte, was die Fräulein ein Battement genannt hätten, und sprach zu sich selbst: Nun habe ich mein Lebensziel erreicht! So etwas wird einem zuteil, wenn man ein braves Kind ist …

»Ist er denn ein Kind?«, fragte Wigg.

»Gewiss ist er das«, erwiderte der Wichtel.

Dann kamen sie zu einem anderen, noch größeren Gebäude, wo es gleichfalls aus vielen Fenstern leuchtete. Der Wichtel lüftete seine Pelzmütze, schwenkte sie und rief: »Sie leben hoch, hoch, hoch!«

»Warum rufst du das?«, fragte Wigg.

»Das erfährst du in etwa zwanzig Jahren, aber nicht

jetzt«, versetzte sein Reisegefährte und blickte etwas verschmitzt drein. Er öffnete seine Kiste und holte einige Bücher mit sehr schönen Einbanddecken hervor.

»Sie sind prachtvoll gebunden«, sagte er, »aber was ist ihr Äußeres gegen ihren Inhalt! Sie bewahren viele der edelsten Gedanken, die von Menschen gedacht worden sind. Für den Mann und die Frau hier oben konnte ich keine besseren Weihnachtsgaben finden.«

Wigg musste im Schlitten sitzen bleiben, während sich der Wichtel in das Haus begab. Von dem Denkwürdigsten, das er dort sah, erwähnte er Wigg gegenüber nichts. Ich aber weiß es und kann darüber berichten. Er sah einen Knaben, ebenso alt wie sein Begleiter, einen netten, frischen Jungen, von dem er vorausgesehen, dass er einst Wiggs getreuer Freund und verwegener Mitstreiter in künftigen Kämpfen für das Rechte, Wahre und Gute würde. Und in einer Wiege erblickte er ein Mädchen, dessen kleiner Mund einer Rosenknospe glich. Von ihr hatte er vorausgesehen, dass sie, nachdem sie einst verheiratet wäre, Wigg ihren lieben, guten Mann nennen würde.

Nun fuhren sie zum königlichen Schloss, das noch viel größer war als das Haus des Gutsherrn.

»Hier habe ich einige Geschenke für den Königssohn abzugeben«, sagte der Wichtel, »und das muss in größter Eile geschehen, denn anschließend müssen wir zu meinem König, dem Bergkönig, fahren, und dann geht es zurück zu Mutter Gertrud auf der Heide.«

Noch einmal wurde die Kiste geöffnet, und was Wigg nun zu sehen bekam, übertraf alles andere. Auf einer großen silbernen Platte standen Tausende von Kriegern zu Fuß und zu Pferde. Wenn man an einer Kurbel drehte, präsentierten sie das Gewehr und schwenkten bald nach rechts, bald nach links, die Pferde bäumten sich, und die Reiter hieben mit den Schwertern. Auf einer anderen Platte, die das Meer darstellte, sah man Schiffe mit Geschützen, und wenn man an der Kurbel drehte, schossen die Geschütze auf eine Festung, und die Festung erwiderte die Salven mit ihren Kanonen. Die dritte der silbernen Platten aber war die merkwürdigste von allen. Da waren Häuschen in großer Menge zu sehen, von Wiesen und Äckern umgeben, und Hunderte von Menschen, drinnen und draußen, alle so klein, dass man sie nur durch ein Vergrößerungsglas ganz deutlich erkennen konnte. Aber was man da auch alles sah! Schnitter, Müller, Schmiede, Weber, Schneider, Schuster, Maurer, Zimmerleute, Tischler und vielerlei Gewerbetreibende mehr, alle bei emsiger Arbeit. Man sah ihre Frauen, wie sie Tische deckten und ihren spielenden Kindern zur Mahlzeit winkten. Aber man sah auch bleiche, hungrige Kinder und klagende Mütter, die ihren Kleinen kaum etwas zu essen geben konnten.

Mit diesen erstaunlichen Spielsachen eilte der Wichtel zu dem Königssohn hinauf.

»Mein Prinz«, sagte er, »richte deinen Blick nicht nur auf die Soldaten und die Kriegsschiffe! Sieh auch auf das arbeitende Volk! Segne es in deinen Gebeten zu Gott! Und wenn du einst König wirst, so setze dir als höchstes Ziel, des Volkes Wohl zu mehren und seine Leiden zu mindern! Der höchste Richter wird dir am Tage der Abrechnung sagen: Was du getan hast einem unter diesen meinen geringsten Brüdern, das hast du mir getan.«

Der Wichtel war bald wieder unten. Rapp und Schnapp, Hott und Flott schnaubten und wieherten. Der Wichtel ergriff die Zügel, setzte sich neben Wigg in den Schlitten und jagte in sausender Fahrt abermals durch den finsteren Wald.

»Wohin fahren wir jetzt?«, brummelte Wigg.

»Zum Bergkönig«, lautete die Antwort.

Wigg war ernst geworden und sagte nach einer Weile des Schweigens: »Ist deine Kiste jetzt leer?«

»Beinahe«, antwortete der Wichtel und steckte sich die Stummelpfeife in den Mund.

»Alle andern haben nun Weihnachtsgeschenke bekommen. Hast du denn keins für mich?«, fragte Wigg.

»Ich habe auch dich nicht vergessen. Dein Weihnachtsgeschenk liegt noch auf dem Boden der Kiste.«

»Zeige es mir bitte, lieber Wichtel.«

»Du kannst warten, bis du zur Mutter heimkommst.«

»O nein, guter Wichtel, lass es mich jetzt sehen!«, entgegnete Wigg ungeduldig.

»Na, dann schau dorthin!«, sagte der Wichtel, indem er sich im Schlitten umwandte und aus der Kiste ein Paar dicke Wollstrümpfe hervorzog.

»Nichts anderes?«, brummelte Wigg.

»Sollten die Strümpfe nicht willkommen sein? Du hast doch Löcher in den deinen!«

»Die könnte Mutter stopfen. Wo du dem Königssohn und all den andern so schöne und lustige Sachen gebracht hast, hättest du mir auch so etwas geben können.«

Der Wichtel erwiderte nicht ein Wort, sondern legte die Strümpfe in die Kiste zurück. Indes tat er nun tiefere Qualmzüge aus der Pfeife als vorher und sah gleichfalls ernst aus.

So ging die Fahrt unter Schweigen weiter. Wigg ließ keinen Mucks hören, schob nur die Lippen vor; er beneidete den Königssohn um die schönen Weihnachtssachen und war ärgerlich über die Wollstrümpfe. Der Wichtel schwieg und paffte aus beiden Mundwinkeln. Die Tannen aber rauschten, die Waldbäche murmelten, und der Schnee knirschte unter den Hufen der Pferdchen. Am Waldrand lief ein Irrlicht dahin und beleuchtete die Fahrt; aber das war unnützer Aufwand, denn die Sterne und der Harschschnee gaben hinreichend Licht.

Dann kamen sie an einen senkrecht aufstrebenden Berg. Dort stiegen sie aus dem Schlitten. Der Wichtel gab jedem Pferdchen, Rapp und Schnapp, Hott und Flott, seinen Haferkuchen. Darauf klopfte er an die Felswand, und sie öffnete sich. Er nahm Wigg an der Hand und trat mit ihm in die Spalte. Aber sie waren noch nicht viele Schritte gegangen, als den Jungen Furcht überkam.

Dort drinnen war es aber auch schauerlich. Es würde die schwärzeste Nacht geherrscht haben, wenn nicht hier und da durch das Dunkel die glühenden Augen der Kreuzottern und Giftkröten geschimmert hätten, die sich an den feuchten Vorsprüngen der Felsen schlängelten oder dort umherkrochen.

»Ich will heim zu Mutter!«, schrie Wigg.

»Ein schwedischer Junge!«, sagte der Wichtel.

Da verstummte Wigg.

»Wie gefällt dir die Kröte dort?«, fragte der Wichtel, nachdem sie ein Stück gegangen waren, und zeigte auf ein grünes Scheusal, das auf einem Stein hockte und den Jungen mit seinen runden Augen unverwandt anblitzte.

»Sie ist abscheulich!«, versetzte Wigg.

»Die hast du dorthin gebracht«, sagte der Wichtel. »Siehst du, wie aufgedunsen und aufgeblasen sie ist? Das kommt von Unbescheidenheit und Neid.«

»*Ich* habe sie dorthin gebracht, sagst du?«

»Ja, sicher! Du hast den Königssohn um seine Geschenke beneidet und die Gabe verschmäht, die ich dir freundlichen Herzens bescheren wollte. Für jeden bösen Gedanken, der bei einem in dieser Gegend wohnenden Menschen genährt wird, kommt eine Kröte oder eine Kreuzotter hier durch die Spalte herein.«

»Oh, wie eklig!«, entfuhr es Wigg, und nun schämte er sich.

Sie gingen in vielen Windungen weiter und gelangten immer tiefer in den Berg hinein. Allmählich wurde es heller, und als sie um eine Ecke bogen, erblickte Wigg voller Staunen einen großen, glänzenden Saal.

Die Wände waren aus Bergkristall, und an drei Seiten standen grinsende Zwerge; sie hielten Fackeln, deren Schein sich in den Regenbogenfarben an den Kristallen brach. An der vierten Wand saß der Bergkönig auf seinem goldenen Thron. Er war in einen mit Edelsteinen übersäten Mantel von Asbest gekleidet, sah jedoch traurig aus. Auf einem Thron zu seiner Seite saß seine Tochter, in silbernen Tüll gehüllt, und sie war noch trübsinniger, ja sie schien dem Sterben nahe. Sehr bleich und ungemein schön war sie.

Mitten im Saal hing eine riesige Waage, und um sie herum standen kleine Bergtrolle, die bald etwas in die eine, bald etwas in die andere Waagschale legten.

Vor dem Thron des Königs aber stand ein unübersehbarer Schwarm von Wichtelmännchen aus allen Hütten und Gehöften im Umkreis mehrerer Meilen, und sie berichteten über alles, was die Menschen, in deren Häusern sie sich aufhielten, im Laufe des Jahres gedacht, gesagt und getan hatten. Und für jeden guten Gedanken und jede gute Tat, die sie erwähnten, legten die Bergtrolle goldene Gewichte in die eine Waagschale, während sie für jeden bösen Gedanken oder jede böse Tat, die genannt wurden, eine Kreuzotter oder Kröte in die andere legten.

»Weißt du, Wigg«, flüsterte der Weihnachtswichtel, »die Sache ist die, dass die Prinzessin krank ist. Sie muss sterben, wenn sie nicht bald aus dem Berg hinauskommt; sie sehnt sich danach, die Luft des Himmels zu atmen und das Gold der Sonne und der Sterne zu sehen. Denn sie hat die Verheißung, dass sie, wenn sie den Himmel erblickt, auch der Engel ansichtig werden und ewige Glückseligkeit erlangen kann. Nun schmachtet sie und sehnt sich, aber aus dem Berg hinaus kommt sie doch erst an dem Weihnachtsabend, an dem die Waagschale des Guten bis auf den Boden gesunken und die des Bösen bis an die Decke gestiegen sein wird. Jetzt siehst du jedoch, dass die beiden Schalen ziemlich gleich stehen.«

Kaum hatte der Weihnachtswichtel dies gesagt, als auch er vorgerufen wurde, um Bericht zu erstatten. Er hatte nicht wenig zu vermelden, und es war fast durchweg Gutes, denn die Beobachtungen, die er gemacht hatte, erstreckten sich nur auf die Weihnachtstage, und an dem Tag, da die Erinnerung an die Geburt des armen Kindes gefeiert wird, das durch seine Unschuld und Güte zum König aller Zeiten geworden ist, pflegen ja die Menschen freundlicher zueinander zu sein als sonst.

Und die Trolle legten immer mehr goldene Gewichte auf die Waage, je weiter der Weihnachtswichtel in seinem Bericht fortschritt, sodass die Waagschale des Guten zusehends schwerer wurde.

Wigg stand indessen wie auf Nadeln, denn er fürchtete, dass sein Name fiele, und er zuckte zusammen, errötete und erbleichte, als der Wichtel schließlich seinen

Namen nannte. Was das zottige Männlein da über Wigg und die Wollstrümpfe sagte, will ich dem Jungen zuliebe nicht wiederholen; aber ich kann auch nicht verschweigen, dass einer der Trolle in die Waagschale des Bösen jene große grüne Kröte legte, die Wigg vorher in der Bergspalte gesehen hatte, und sie wog ziemlich schwer. Aller Augen – außer denen des guten Wichtels, die anderswohin blickten – richteten sich auf Wigg, die des Königs, die der Königstochter, die der Wichtelmänner, die der Zwerge, die der Kobolde, und all diese Augen waren entweder so streng oder so traurig, die der Königstochter insbesondere aber so sanft und kummervoll, dass Wigg beide Hände vor das Gesicht schlug und nicht aufblicken mochte.

Der Weihnachtswichtel erzählte nun jedoch, wie die arme Mutter Gertrud auf der Heide den verwaisten kleinen Wigg aufgenommen habe, wie sie Teppiche flechte und Besen binde und sie bei dem Krämer im Dorf verkaufe, um Brot für den Jungen zu schaffen, wie sie für ihn nähe und seine Kleider flicke, wie sie mit Lust und Liebe arbeite und um seinetwillen Entbehrungen leide, wie sie sich über sein frisches Wesen, sein mutiges Herz, seine blühenden Wangen und seine treuherzigen Augen freue und wie gern sie ihm seine Jungenstreiche verzeihe – ja, jeden Abend, ehe sie einschlafe, bete sie für ihn zu Gott, und am heutigen Morgen sei sie bei dem bitterkalten Winterwetter den weiten Weg zum Dorf gegangen, nur um ihn am Abend mit Zweiglicht und anderen kleinen Gaben erfreuen zu können.

Und während der Wichtel so sprach, legten die Trolle schwere goldene Gewichte in die Waagschale des Guten. Die hässliche grüne Kröte hüpfte zur Erde und verschwand in der Spalte, die Augen der anmutigen Königstochter wurden feucht, und Wigg schluchzte laut …

Ja, er schluchzte sogar im Schlaf, als der Saal des Bergkönigs mit allem, was sich darin fand, verschwunden war. Wigg lag in seinem Bett in der Heidehütte, wo ihm der Weihnachtswichtel nach beendeter Reise Gute Nacht gesagt hatte – obgleich Wigg da so schläfrig gewesen war, dass er es nicht gehört hatte. Im Herd prasselte, als er erwachte, das hellste Weihnachtsfeuer, und über ihn beugte sich Mutter Gertrud und sagte:

»Armer kleiner Wigg, musstest du so lange hier im Dunkeln allein bleiben! Ich konnte nicht früher kommen, der Weg ist so weit. Aber nun habe ich ein Zweiglicht und ein Weizenbrot und Pfeffergebäck mitgebracht und auch einen Kuchen, den du morgen den kleinen Vögeln geben kannst. – Und sieh hier«, fügte Mutter Gertrud hinzu, »hier hast du ein Paar Wollstrümpfe, die ich als Weihnachtsgabe für dich gestrickt habe, denn die brauchst du kleiner Reißteufel jetzt am dringendsten. Und hier hast du ein Paar Lederschuhe, die ich gekauft habe, damit du während des Weihnachtsfestes nicht in Holzschuhen herumzutapsen brauchst.«

Wigg hatte sich schon lange ein Paar Lederschuhe gewünscht, und nun musterte er sie mit frohen Augen von allen Seiten. Noch länger jedoch betrachtete er die Wollstrümpfe, sodass Mutter Gertrud glaubte, er suche nach einer fehlerhaften Masche in ihnen. Der wahre Grund aber war, dass Wigg fand, sie glichen aufs Haar denen, die er in der Kiste des Wichtels gesehen hatte. Darauf schlang er seine Arme um Mutter Gertruds Hals und sagte: »Dank, Mutter, für die Strümpfe und für die Schuhe – und nochmals Dank für die Strümpfe!«

Dann wurde der Topf auf den Herd gesetzt, eine weiße Decke über den Tisch gebreitet und das Zweiglicht angezündet. Wigg lief in den neuen Schuhen und Strümpfen umher. Bisweilen blieb er am Fenster stehen, blickte versonnen auf die Heide hinaus und rätselte darüber, wie seine Heimfahrt wohl vor sich gegangen sein mochte. Der Weihnachtswichtel war jedenfalls ein lieber Mann und Mutter Gertrud eine liebe Frau, das war ihm klar geworden – und der Weihnachtsabend ein wunderbarer Abend, das wusste er nun.

Draußen strahlten tausend Sterne auf die stille Heide herab. Und in der einzigen Hütte der Heide herrschten Herdwärme, Herzenswärme und Freude.

Der Nusskaspar

Nördlich von Nürnberg liegt das berühmte Knoblauchland. Dort sind auch mehrere schöne Dörfer. In einer dieser Ortschaften lebte vor vielen Jahren ein Bauer, Nusskaspar genannt, weil auf seinen Bäumen die schönsten Nüsse wuchsen. Er lebte, wie seine Nachbarn, von der Gärtnerei und verlegte sich auf den Anbau von Knoblauch. Allein dem guten Mann missglückte fast alles, was er unternahm. Bald wurde er durch bedeutende Verluste in Schulden gebracht, bald von den Nachbarn bestohlen, dann wieder vernichteten Wind und Wetter Garten und Feldfrüchte, oder böse Buben holten ihm die Nüsse von den Bäumen. Dies andauernde Missgeschick machte ihn unglücklich und nahm ihm die Lust, sich ferner zu plagen, zumal er bei den Nachbarn sah, wie alles auf das Beste gedieh und der Wohlstand täglich zunahm.

Daher wurde er nach und nach in der Ausübung seines Gewerbes lässiger, fluchte mehr und ergab sich zuletzt dem

Trunke, sodass er meistens, wenn er mit dem Knoblauch und anderem Gemüse zur Stadt gefahren war, leicht an Geld, dafür aber mit schwerem Kopf nach Hause zurückkehrte. Durch diesen Lebenswandel wurde nicht nur sein Körper, sondern auch sein Vermögen so zerrüttet, dass er mehrfach Geld aufnehmen musste. Da er von den Gläubigern bald hart bedrängt wurde, musste er seine Grundstücke und schließlich auch seinen Hausrat veräußern.

Wieder einmal war der Nusskaspar am letzten Tag des Jahres, wie so oft, bis zum späten Abend in der Stadt geblieben, hatte sich einen tüchtigen Rausch angetrunken und taumelte nun den Burgweg hinauf. Unweit der Stelle, wo Christus am Ölberg abgebildet ist, setzte er sich auf einen beschneiten Stein, um auszuruhen, und schlief ein.

Er hatte wüste Träume, sodass er öfters auffuhr und grässliche Flüche ausstieß. Eben zeigte die Glocke vom nahen Sebaldisturm den Eintritt der Geisterstunde, als er abermals in die Höhe fuhr und in einem Zustand zwischen Schlafen und Wachen vor sich hin murmelte: »Will mich Gott nicht retten, so muss es der Teufel tun.«

Mit diesen Worten erwachte er, rieb sich die Augen und wollte aufstehen. Allein ein gewaltiger Schrecken warf ihn auf seinen kalten Sitz zurück.

Vor ihm stand ein Mann in Jägertracht, der ihn anredete. »Ei Alterchen, was treibst du denn hier in der frostigen Winternacht.«

Kaspar fragte gähnend: »Wo bin ich, Herr, und was wollt Ihr von mir?«

Darauf erwiderte der Jäger: »Ich hörte im Vorübergehen, dass du Hilfe brauchst, und ich will sie leisten, wenn es in meinen Kräften steht, aber ich will von dir darum gebeten sein.«

Kaspar schilderte nun unter beständigen Verwünschungen seine Lage. Er fiel auf die Knie und rief in unbegreiflicher Herzensangst: »Ich flehe Euch fußfälligst an, helft mir, helft mir und wäret Ihr der Böse selbst, mir gleich, wenn mir nur geholfen wird, denn Gott hat mich ohnehin verlassen.«

»Nun wohl«, entgegnete der Fremde, »wenn du mir versprichst, weder deinem Weib noch einem anderen Menschen eine Silbe davon zu verraten, dann will ich dein Beschützer sein und dir helfen. Kehre getrost heim, pflücke von dem großen Nussbaum, der in der linken Ecke in deinem Garten steht, so viele Nüsse als dir beliebt. Diese werden sich in Gold verwandeln, und du kannst nicht nur deine Schulden bezahlen, sondern auch ohne Mühe und Arbeit gut leben. Doch wisse, geht nur ein Wort von meinem Angebot über deine Lippen, so sinkst du in deine alte Armut zurück, wirst ein Raub der Verzweiflung und sollst auch im Grab keine Ruhe finden. Du musst dann an jeder Silvesternacht aus deinem Grabe steigen und hier an dieser Stelle goldene Nüsse feilhalten. Ja, du wirst auch andere mit in dein Verderben hineinziehen und deine Seele ist mir dann verfallen.«

Mit diesen Worten verschwand die geheimnisvolle Erscheinung. Dass der freundliche Helfer der leibhaftige »Gott sei bei uns« war, ist leicht zu erraten. Kaspar war demnach in sehr schlimme Hände gefallen.

Er taumelte, noch halb trunken, mit schlotternden Knien nach Hause. Sein Weib, das ohnehin zu solchen Leuten gehörte, denen Zanken und Murren zur zweiten Natur geworden sind, empfing ihn vom Bett aus mit heftigen Scheltworten.

Er aber blieb ruhig und dachte: »Schrei nur, du Zankteufel, so viel du willst. Hab ich einmal die goldenen Nüsse, dann wirst du schon anders singen.«

Damit nahm er eine Laterne, zündete das Licht an und schlich in den Garten hinaus. Hier stellte er sich vor den bezeichneten Baum und schielte hinauf, um zu sehen, ob die Nüsse wirklich von Gold seien. Endlich bestieg er zagend den Baum, griff zitternd nach einer der Früchte, füllte dann so schnell als möglich alle Taschen damit und siehe, die Nüsse waren reines, funkelndes Gold. Darauf versteckte er seinen Schatz in der Scheune und ging zu Bett.

Bei Tagesanbruch stahl er sich, und sein Gewissen war nun auch schon eingeschläfert, still weg mit dem Geschenk des höllischen Jägers, um es teilweise in der nahen Stadt in Geld umzusetzen. Sodann zahlte er seine Schulden und lebte herrlich und in Freude.

Aber dieses Glück sollte nicht lange dauern, denn der gute Nusskaspar vergaß im Taumel der Ausschweifungen nur zu bald, was er dem Teufel versprochen hatte. In einer traulichen Stunde berichtete er seiner Frau, die sich durch den unvermuteten Reichtum wieder mit ihm ausgesöhnt hatte, den ganzen Hergang der Sache. Als er am nächsten Morgen seinen Beutel herbeiholen wollte, da war dieser federleicht und enthielt statt harter Taler nur Kohlenstaub und anstatt der goldenen fanden sich nur natürliche und größtenteils wurmstichige Nüsse im Schrank. So, von der Höhe des Glücks in das bitterste Elend hinabgeschleudert, wurde dem Kaspar das Leben eine unerträgliche Last.

Der Teufel hielt besser Wort als Kaspar, denn es ging alles in Erfüllung, was er für den Fall eines Wortbruchs vorausgesagt hatte. Als der Silvesterabend wieder anbrach, stand wirklich ein kleines Bäuerlein in der Tracht der

Knoblauchhändler mit einem Korb am Ölberg und ächzte unter verzweifeltem Händeringen ›kauft Nüsse‹.

Viele Jahre nach diesem Ereignis saßen am Silvesterabend mehrere Bürger, nicht weit vom Ölberg, im Gasthaus »Zum Burggrafen«, bei einem Krug Weizenbier. Unter diesen war auch ein redseliger Zinngießermeister, der wegen seiner Klugheit in großem Ansehen stand. Die Unterhaltung drehte sich um die alte Sage vom Nusskaspar am Ölberg.

»Aberglaube, heidnisch Finsternis«, ereiferte sich Meister Zinngießer, der Wortführer. »Wer wird so albern sein und an Teufel und Geister glauben?«

»Was, Nachbar«, fiel ihm ein belesener Zirkelschmied in die Rede, »habt Ihr denn nicht gelesen, dass Doktor Martin Luther dem Teufel das Tintenfass nachgeworfen hat? Ist Euch nicht bekannt, dass der Satan Jesu in Versuchung führte?«

»Das ist etwas anderes«, unterbrach ihn der Zinngießer. Und gerade als er weiterreden wollte, erscholl von der Wanduhr die zwölfte Stunde. Da schlug der Meister unwillig auf den Tisch und schrie: »Damit ihr aber seht, dass an der ganzen Sache nichts ist und jeder ein Narr, der so unsinnige Dinge glaubt, so wollen wir auf den Ölberg gehen und uns überzeugen, ob der Nusskaspar wirklich seine Nüsse feilhält. Mein Hab und Gut setze ich daran, dass ich euch auslachen werde.« Hierauf nahm er seine Pelzmütze und eilte der Tür zu, doch von den übrigen Gästen hatte keiner Lust, ihn zu begleiten.

Stockfinster war es und nur der schimmernde Schnee erleuchtete die Umgebung. Da kam es dem Zinngießer wirklich so vor, als ob er in der Nähe des Ölberges die Gestalt eines Menschen wahrnehme, und er blieb stehen.

Es fröstelte ihn, aber die Vorstellung, von den Freunden verspottet zu werden, wenn er unverrichteter Dinge zurückkäme, flößte ihm Mut ein. Er wollte der Sache auf den Grund gehen. Also schritt der Zinngießer langsam näher und rief mit lauter Stimme: »Wer da?«

Plötzlich stand ein kleines, unheimliches Wesen ganz nahe vor ihm, stierte ihn mit Grabesaugen an und deutete mit dem Zeigefinger der rechten Hand in den vor ihm stehenden Korb.

Unser Zinngießer stand wie an den Boden gewurzelt und kreischte mit unverständlicher Stimme: »Alle guten Geister loben Gott den Herrn!«

Fast besinnungslos griff er sodann in den Korb, nahm daraus, was er mit seinen zehn Fingern greifen konnte, und stürzte ohnmächtig zusammen. Als er wieder zur Besinnung gekommen war, blickte er um sich, aber er sah kein Wesen mehr. Weder vor sich noch hinter sich. Jetzt fasste er wieder Mut und schämte sich seines Schreckens. Doch welches Erstaunen trat an die Stelle der Furcht, als er auf den schneebedeckten Boden blickte und ihm glänzendes Gold entgegenfunkelte. Schnell raffte er die goldenen Dinger zusammen und eilte dem »Burggrafen« zu. Die Gesellschaft begrüßte ihn, als wäre er von den Toten auferstanden, und war sehr gespannt, zu hören, was er erlebt habe, und der Meister erzählte sein Abenteuer, indem er zum Beweis einige goldene Nüsse aus der Tasche nahm und auf den Tische hinrollte. Da war auf einmal alle Großsprecherei verstummt, denn nicht ohne heimliches Grauen sah man die glänzenden Beweise vor Augen.

Der Zinngießer aber entfernte sich bald und suchte freudetrunken sein Nachtlager auf. Allein der Schlaf floh ihn in dieser und noch manch anderer Nacht, denn ihn quälten Zukunftspläne und die Sorge um die Vermehrung des unheilvollen Geldes.

Mit seinem Glück war zugleich das Unglück in seine vier Wände eingezogen. Aus dem zufriedenen Meister war ein griesgrämiger Sauertopf geworden. Durch unkluge Unternehmungen verlor er manches schöne Kapital, und es bewahrheitete sich an ihm das Sprichwort, »wie gewonnen, so zerronnen«.

Doch als er immer ärmer wurde, machte die Not seinem jammervollen Leben ein Ende, und es erfüllte sich des Teufels Vorhersage, der Nusskaspar würde auch noch andere mit ins Verderben stürzen.

Frau Frigg im märkischen Heideland

Das war in den Heiligen Zwölften, wenn der Sturm die Felder fegt und die Wälder kämmt. Da fuhr Frau Frigg noch einmal über das märkische Heideland. Und die Menschen verriegelten Fenster und Türen. Denn ihre segenbringende Sturmfahrt soll kein sterbliches Auge mit ansehen.

Es saß aber um die gleiche Stunde ein Bauer bei seiner Frau auf dem ärmlichen Hausflet. Da kam es näher mit schrecklichem Sturmgesang und raufte über das morsche Strohdach, dass den beiden da drinnen ganz bange wurde um First und Walm. Denn ihre Armut war groß.

Früher, als noch ihre Kinder lebten, kamen in diesen Nächten die segnenden Gabenbringer auch unter ihr Dach, sprachen den Spruch, gaben die Frucht und sahen auf Zucht. Dann hielten die Tiere wohl Zwiesprache in ihren Buchten, schwärmten die goldenen Bienen um das verschneite Heidekraut, dass es würzig nach Honig roch in dem ganzen Gehege, und es floss süßer Wein aus dem Hausborn in diesen Nächten der Wende.

Später aber war Misswachs über den Hof gekommen, dazu die Seuchen. Die hatten Kind und Kuh, Kalb und Katze weggerafft. Und wieder bedrohte der Sturm das morsche Gebälk, und das Fachwerk krachte in allen Fugen.

Vor dem Druck der winselnden Winde sprang da die Haustüre auf, und es schnob herein wie die wilde Meute, rasselte durch alle Ecken, prasselte in der Flamme am Herd und sprühte dann mit tausend Feuerfunken zum Schlote hoch, weit hinaus in den geduckten Buschwald da draußen. Der Bauer erhob sich schwer und benommen, schlurfte zur Haustür und schlug sie unwirsch ins Schloss.

Da stieg aus dem aufgestöberten Aschenhaufen die neue Flamme hell zu den geschnitzten Pferdeköpfen des Rauchfanges auf. Bei ihrem Schein erkannten die beiden ein winselndes Hündchen am Herdplatz. Das lag da mit zottigem Fell, klopfte bettelnd den Schweif auf den Boden und fraß von den Feuerflocken der Asche. Es musste wohl eben bei der offenen Haustür hereingesprungen sein.

Die Bäuerin nahm das Tier mitleidig auf, strich über das struppige Vlies und sprach: »Du bist in unsere Armut gelaufen. So haben wir wenigstens wieder eine lebendige Seele im Haus. Darum sollst du bei uns bleiben; so viel fällt immer noch ab.«

Man konnte dem Hündchen wohl ansehen, es hatte sie Wort für Wort verstanden. Dankbar blickte es zu der neuen Herrin auf und rollte sich wohlig zusammen.

Mit der Zeit entpuppte sich das Tier als ein lustiger Spitz mit blanken Äuglein. Durch ihn kam ein neues Leben in das verfallene Haus.

Wohl mochten die Herzen der beiden mit dieser Gabe gewogen werden. Und es ergab sich, dass sie recht und treu waren und voll Freundlichkeit. Von Stund' an ging ihnen alles wieder so leicht von der Hand wie vor Zeiten, als sie noch in Fülle und Glück gewirtschaftet hatten. Das machte die warme Seele in ihrer kalten Einsamkeit.

Die Sonne indessen stieg in den Sommerbogen und sank zurück mit dem Jahr, bis dass es noch einmal Winter wurde und die Zwölf Nächte kamen. Der Bauer aber hatte einen neuen Riegel für sein Haustor geschnitzt, und mochte die Windsbraut auch rütteln und schütteln, der Klotz hielt stand.

Poch, poch, poch, schlug etwas gegen die Haustür. Die beiden dachten, es wird ein Verirrter sein, der vor dem Wetter noch unter Dach will. Drum erhob sich der Bauer und ging mit schweren Schritten, den Riegel zu lösen. Da stand im Eichenrahmen eine mächtige Frau. Die ragte ins Sturmgewölk unter den blitzenden Sternen. Lang wehte ihr Haar übers schlohweiße Kleid. In der Rechten hielt sie fest eine Peitsche.

Doch ihre Stimme klang ganz vertraut: »Fürchte dich nicht«, rief sie ihm zu, »ich will nur mein Hündchen fordern, das ich im Vorjahr an dieser Stelle verlor. Ich weiß, ihr habt es gehalten wie euer eigen. So sind auch mit ihm euch die guten Geister zurückgegeben. In dieser Einöde soll nun ein neues Leben wachsen. Kinder werden wieder im Hause spielen, Rösser und Kühe den Stall beleben, volle Frucht soll hinter dem Giebel liegen. Das alles gebe ich euch und den euren, solange warme Menschenherzen hier im Hause wohnen.«

Damit lockte die weiße Frau das Hündchen, zog's auf ihren Schoß, und plötzlich standen alle Sterne in der leeren Haustür.

Noch einmal ächzte das alte Gebälk. Dann aber wurde es still und feierlich wie im Wald. Im Nu schlug eine neue Flamme aus der gesunkenen Herdglut, und ihr Schein erhellte den ganzen Raum.

Da glänzte es sonnenhell aus der Ecke, wo sonst das Hündchen gelegen hatte. Das war Gold.

Ein großes gediegenes Metallstück fanden die beiden in dieser Nacht als Geschenk der fahrenden Frau. Nun wussten sie wohl, dass dies Frau Frigg gewesen war, der sie den neuen Wohlstand verdankten. Da umarmten sie sich wie vor Zeiten im Schein einer neuen Lebensglut.

Mit dem kommenden Frühling füllte und festigte sich wieder das Haus. Kuh und Kalb, Ferkel und Fohlen, Hund und Huhn belebten den alten Hof.

Und bald ging die Wiege wieder den alten Gang, und Kinderlachen erklang überall, wo sonst die Seufzer der Armut hingen.

Seltsame Erscheinungen

Als Sigfús Jónsson seine Probstei in Höfði innehatte, war Jónas, der Sohn von Pfarrer Jón auf Þönglabakki (der dort jung seinen beiden Söhnen weggestorben war), als Pflegekind bei ihm. Sigfús hatte diesen Jónas also mitsamt den Schafen, die er geerbt hatte, bei sich aufgenommen.

Es geschah eines Weihnachtsabends oder an einem Silvester. Jónas, damals schon fast zwanzig, gut gereift und kräftig gewachsen, wurde von Sigfús, der dem Alkohol zuneigte, nach Grenivík gesandt (dem Höfði am nächsten gelegenen Hof). Er bat ihn, aus Grenivík Branntwein zu holen, ein Fässchen voll, denn dort wurde er aufbewahrt. Von Jónas' Gang wird nichts berichtet, bis dieser wieder den Heimweg antrat.

Der Weg führt am Meer entlang in den Eyjafjörður. Plötzlich meinte Jónas einen Mann zu sehen, der vom Strand heraufkam und ihn verfolgte. Aber als Jónas an eine Schlucht gelangte, die Grenjagil heißt und aus der ein

Fluss fließt, meinte er, dass da weiter oben vier Männer mit einem Schlitten führen und ihnen ein Hund folgte und hörte sein lautes Bellen.

Jónas setzt seinen Weg fort, er überwindet die Schlucht, bevor ihm die Männer entgegenkommen. Aber als er es auf die andere Seite geschafft hat, bleibt er stehen und wirft den Männern einen Gruß zu, laut und deutlich, aber sie erwidern ihn nicht und sehen ihn auch nicht an.

Das kommt ihm seltsam vor und er bekommt es mit der Angst zu tun. Er geht weiter, dreht sich vorsichtig um, aber sieht nichts und da nimmt die Beklemmung zu, obwohl er sonst unerschrocken war und keine Angst vor der Dunkelheit hatte.

Der Mond war im Zunehmen und sandte seinen schwachen Schein, doch zuweilen verdeckten ihn die Wolken. Den anderen Mann meint er deutlich hinter sich zu erkennen, er ist ihm immer noch auf den Fersen. Jónas hastet voran. Aber als er an die Schären kommt, die vor Höfði liegen, sieht er noch einen Mann vom Meer heraufgehen. Er meint zu sehen, dass dieser auf dem Rücken eine Butte trägt oder eine Heutrage, er kommt direkt auf ihn zu.

Von all dem bekommt er furchtbare Angst, er geht immer schneller, bis er nach Hause in die Nähe des Stalls kommt, der vor dem Hofgebäude von Höfði liegt. Der Hof war nicht verschlossen und er stürzt ins Haus. Da lässt Jónas den Sack mit dem Fässchen auf den Boden fallen und das Licht in der Stube kommt ihm wie ein roter Feuerball vor.

Als ihn der Probst anblickte, sprach dieser: »Um Gottes Willen, was ist mit deinen Augen geschehen, Jónas?

Wie furchtbar sie aussehen; es ist, als hättest du einen Menschen umgebracht oder wärest auf der Flucht vor Unfrieden.«

Jónas antwortet nicht, geht sofort zu seinem Bett, wirft sich hinein und grübelt darüber nach, was sich da ereignet hat. Einige Zeit später erzählt er davon, sagt aber, dass er keine Ahnung habe, wer ihm da begegnet sei.

Auf dem nächsten Hof lebte eine steinalte Frau mit unerschöpflichem Gedächtnis und großem Wissen und kurz nach diesem Ereignis ging Jónas zu ihr. Er erzählte ihr die Geschichte und bat sie, ihm zu sagen, was dies alles zu bedeuten habe. Da berichtete sie, dass in ihrer Jugend einmal vier Männer, jeweils zwei davon Brüder, mit einem Schlitten und einem Hund aus den Fjorden auf die Leirdalsheide hinaufgezogen seien. Dort hätten sie sich in einem Schneesturm verirrt und seien in der Schlucht umgekommen, die er auf seinem Weg gequert habe.

Danach sagt ihm die Alte, dass vor vielen Jahren ein Knecht nach Grenivík gekommen sei und begonnen habe, ihr nachzustellen. Doch sie habe ihn mit harten Worten abgewiesen. Da sei er in Rage geraten und habe sich von einem Felsen ins Meer gestürzt, genau da, wo er den Mann gesehen habe, und man sei dort seiner oft gewahr geworden.

Dann sagte sie ihm, dass man vor fast zwanzig Jahren einen herumziehenden Mann namens Ivar draußen bei den Schären oberhalf von Höfði mit einer Heutrage oder einem Korb auf dem Rücken leblos aufgefunden habe. Ein einjähriges Mädchen, seine Tochter Guðrún, lag in dem Korb. Sie zeigte noch Lebenszeichen, und mittlerweile sei sie erwachsen und eine verheiratete Frau.

Jónas berichtete später, er sei danach noch oft den Weg am Meer entlanggegangen und nie mehr habe er seltsame Erscheinungen gehabt. Doch in der Christnacht oder zu Silvester habe er sich von da an niemals mehr hinausgewagt.

Die Wilde Jagd und das Bierfass

In manchen Rauhnächten zieht Frau Holla mit ihrem schwarzen Heer über die Felder. Grau wird dann der Himmel, und wie ein Wirbelwind fegt der Sturm so heftig über den Wald, dass selbst die stärksten Äste wie Zweige zerbrechen. Der Treue Eckart, der dem Geisterzug vorausreitet, warnt die Menschen, in den Häusern zu bleiben. »Ho ho ho! Aus dem Weg! Die Hulle zieht über Wald und Steg!«

Es war nun wieder einmal so eine Rauhnacht gekommen, und Feld und Wald lagen einsam da, denn niemand wagte es, seinen Hof zu verlassen. Drei Bauernburschen jedoch waren voller Übermut und erboten sich gerade in dieser Nacht, ein Fass Bier aus einer weit entfernten Schenke zu holen. Die Alten warnten sie, doch die Jungen zogen singend los, kamen auch heil in der Schenke an und erstanden das Fass. In der Schenke tranken sie noch für den Heimweg, und es war schon dunkel, als sie sich auf den Weg nach Hause machten. Als sie mit ihrem Wägelchen auf der Hälfte des Waldweges angelangt waren, hörten sie auf einmal lautes Johlen und Schreien, dass ihnen die Ohren nur so klangen. Rote Blitze erschienen am Himmel, und die ganze Erde bebte unter ihren Füßen. Zu spät vernahmen sie Eckarts »Ho ho ho! Aus dem Weg! Die Hulle zieht über Wald und Steg!«. Sie sahen das Wilde Totenheer auf sich zujagen.

Als der Geisterzug immer näher stürmte, übermannte die Burschen große Furcht. Sie ließen Wagen samt Bierfass stehen und flüchteten sich in einen nahen Wacholderbusch. In dem Busch aber wohnte eine weiße Hexe, die den dreien wohlgesonnen war; die sprach: »Bleibt ihr ganz ruhig und stille und tief im Busch, dann wird euch nichts passieren.« Als die Geister der Wilden Jagd das Bier entdeckten, da kamen sie aus den Lüften auf die Erde herabgeflogen. Die unheimlichen Gesellen nahmen die Kannen und zechten munter drauflos. Die Burschen aber blieben ganz still und beobachteten das Geschehen voller Entsetzen. Was würden ihre Leute sagen, wenn sie ohne Bier und ohne Geld, aber mit zerrissenen Hosen nach Hause kamen?

Als das Fass bis auf den letzten Tropfen geleert war und die Geister sich bereits in die Luft erhoben hatten, da trat der Treue Eckart zu dem Busch hin und sprach: »Ihr denket wohl, ich sähe euch nicht … Dass ihr kein Wort gesprochen und im Busch geblieben seid, das riet euch Gott. Hätte die Wilde Jagd euch entdeckt, dann hätten sie euch die Hälse umgedreht. Also gehet heim, doch sprecht kein Wort von dem, was ihr vernommen habt. So wird euer Fass immer voll bleiben, und es wird euch auch sonst nie an etwas fehlen.«

Als die Burschen wieder nach Hause kamen, war ihr Bierfass wie durch ein Wunder wieder voll. Eingedenk der

Warnung des Treuen Eckart erzählten sie nichts von ihrer finsteren Begegnung im Wald. Wann immer sie in den Keller gingen, um Bier zu schöpfen, war das Fass bis an den Rand gefüllt, ganz gleich, wie viel zuvor daraus geschöpft worden war.

Nach sieben Tagen aber, da konnte einer der Burschen nicht länger an sich halten. Er erzählte der Magd von der Sache. Die Magd erzählte es dem Knecht und dieser dem Bauern. Von diesem Tage an aber war es vorbei mit dem Segen. So kommt es, wenn man übermütig ist, klugen Rat in den Wind schlägt und den Mund nicht halten kann: Das Fass versiegte und wurde nie mehr von Geisterhand aufgefüllt.

Der Geizige und der Geist

Es war einmal ein geiziger Bauer, der liebte sein Geld über alles. In seinem Keller hatte er drei Kisten mit Goldstücken vergraben, aus Angst, dass man ihn bestehlen könnte. Seine Frau war ihm vor Jahren gestorben, und er hatte keinen Erben.

Knechte blieben nie lang auf dem Hof, denn der alte Bauer hatte nur selten ein gutes Wort für sie und niemals gutes Geld. Und auch diesmal hatte der Bauer den Mägden und Knechten keine Geschenke zum Christfest beschert, wie es gemeinhin Sitte war.

Spätabends saß der Bauer am Weihnachtstag allein in der Stube, als er ein Scharren aus dem Keller hörte. Der Geizhals dachte sofort an Diebe, die gekommen waren, um ihn zu berauben. Er ergriff seine Flinte und eilte hinunter.

Dort saß eine Jungfrau auf dem Boden und weinte. Sie hatte eine Kiste mit Gold mit bloßen Händen ausgegraben.

»Wer bist du?«, schrie der Bauer.

»Kennst du mich nimmer?« Die Maid nahm die Hände vom Gesicht und sah dem Bauern in die Augen. Dem Geizhals wurde ganz seltsam zumute. Das Mädchen kam ihm bekannt vor, und er erschauerte, als er seine Frau erkannte.

»Ich bin gekommen, um dich zu warnen: Jedes Stück Gold, das du vergräbst, macht deine Seele schwer. Nur noch ein Stück, und deine Seele wird zu schwer, um in den Himmel aufzufahren!«

Der alte Bauer zitterte am ganzen Leib. Er trat auf den Geist zu, doch in diesem Augenblick verschwand die Erscheinung. Er besah sich den Boden. Der war glatt und unberührt, und sein Gold war sicher.

Als er wieder in der Stube saß, glaubte er beinahe, er habe alles nur geträumt. Doch da hörte er schon wieder ein Rumoren im Keller. Er eilte hinunter und sah einen Greis, der auf dem Boden kauerte und die zweite Kiste Gold ausgegraben hatte. Der Bauer erschauerte abermals, als er seinen Vater erkannte.

»Bub, ich bin gekommen, dich zu warnen: Jede gute Tat macht deine Seele leichter. Doch ich finde keine guten Taten. Wie will deine Seele in die Höhe steigen?« Dann verschwand der Geist.

Der Bauer bebte vor Angst. Der Boden war unberührt, doch er musste jetzt genau wissen, ob sein Gold noch da war. Er grub alle drei Kisten aus. Alle waren unberührt. Da saß er inmitten seines Goldes und dachte an die beiden Geister. Was hatten sie gesagt? Das Gold machte seine Seele schwer, und es gab keine guten Taten, die ihr hinaufhalfen? Der Bauer schüttelte den Kopf. Er betrachtete die vielen glänzenden Münzen. Auch wenn er Angst hatte – er wollte sich nicht von seinem Schatz trennen.

Aus den drei Gruben, in denen das Gold vergraben war, begann Dampf emporzusteigen. Der Dampf verdichtete sich und zog sich zu einer Gestalt zusammen, mit Hörnern und rot funkelnden Augen. Da sprang der Bauer auf und lief, so schnell er nur konnte, die Stiege hinauf. »Der Teufel ist hier!«, schrie er.

Die Knechte und Mägde liefen zusammen und dachten, der alte Bauer sei verrückt geworden.

In dieser Nacht schlief der alte Bauer kaum. Immer wieder dachte er an die drei Erscheinungen. Schließlich verstand er, dass der Teufel wirklich im Keller war – das vergrabene ergeizte Gold, das war der Teufel. Da wurde dem Bauer mit einem Mal ganz leicht ums Herz, weil er wusste, wie man den Teufel wieder austreiben könnte.

Am folgenden Tag versammelte er alle Mägde und Knechte und sprach: »Von heut' an wird sich etwas ändern!« Die Mägde zitterten, und die Knechte murrten leise. Doch der Bauer lächelte und wünschte ihnen allen ein frohes Christfest und schenkte jedem von ihnen ein Goldstück. Da zitterten und murrten sie nicht mehr.

Von dem Tag an war der Hof ein anderer, und der Bauer wurde nur noch der Glücksbauer geheißen – weil er, wohin er ging, Gutes tat und Glück brachte und weil das Glück bei ihm war.

So hütet's Euch vor Geiz und Gold,
Die Seele trägt zu schwer daran.
Die gute Tat zieht Glück heran,
So hat's der Herr gewollt.

Das ausgeblasene Licht

Am Fuß des Gebirges stand ein altes Bauernhaus. Da zog in jeder Dreikönigsnacht, welche sie dort auch Berchtanacht heißen, Frau Berchta vorüber. Die Heimchen begleiteten sie auf ihrer Fahrt.

Nun war es einmal so Sitte und geschah aus alter Verpflichtung, dass die Bäuerin einen Tisch mit Speisen und Trank an dem Hohlweg aufstellen musste, wo der nächtliche Umzug entlangfuhr. Dann sprach Frau Berchta den Segen über die Gaben und die Geber, kostete wohl auch und blieb den Feldern, dem Vieh und der ganzen Sippe gewogen. Aber es waltete ein strenges Gebot, dass keiner an solchem Abend aus diesem Hause ging zu spähen oder zu lauschen, damit Frau Berchta nicht in frevelhafter Neugier belästigt würde, wenn sie sich einmal erquicken wollte.

An einem solchen Abend, als die Bäuerin wieder den Tisch an der Schlucht mit Sorgfalt bereitet hatte, und eben der Mond über den Bergwald aufstieg, da wurde die jüngste Magd des Hauses von Zweifel und Neugier geplagt.

Alsbald schlich sie sich hinüber, verbarg sich hinter dem Heuschober und lugte nach dem festlichen Tisch, auf dem noch die Speisen dampften.

So harrte sie geduldig, was sich begebe, und trat von einem Fuß auf den anderen. Aber da wollte sich gar nichts tun. Kein Hase sprang über das Schneefeld, kein Vogel hing im vereisten Gezweig der Birke, die sich glitzernd wie ein Glasbaum im Mondlicht über die Tafel bog. Es schläferte schon die Stille des Wartens zu ihr herein, und das Mädchen verlor seinen Glauben an die Berichte der Alten.

Da endlich erhob sich ein feines Zirpen vom Bergwald her, wie Liedersingen und Saitenklang. Es kam näher mit trippelnden Schritten im weichen Schnee die Schar der seligen Heimchen. Voraus schritt Frau Berchta selbst, und um sie verdichtete sich der Mondschein zum Glanz. Die Kleinen hingen ihr an und schlüpften unter ihren wallenden Mantel wie die Kücklein unter die Fittiche der Glucke. Andere summten und sangen zu Zither und Geige mit silberner Stimme. Am Ende schleppten sich einige mit einem schweren Pflug, der schleifte über die Äcker hin. Auch Krüge mit goldenem Tau gefüllt trugen die Kleinen. Der schwappte über und drang durch den Schnee in den schlummernden Boden.

Jetzt blieb Frau Berchta nachdenklich hinter dem Gabentisch stehen und sagte zu einem von den Heimchen: »Ich sehe zwei Lichter, die sind zu viel, geh' hin und blase sie aus.«

Das Mädchen hinter der Holztür fühlte den kalten Anhauch auf seiner Wimper, und der Mondschein erlosch. Es stülpte sich über sie hin wie ein schwarzer Sack. Das schöne Singen vergrollte in Weh und Ach. Erschrocken stieß sie die Türe auf, aber auch dort draußen blieb sie in ihrer Lichtlosigkeit gefangen. Der Mond war tot.

So tappte sie weinend zum Hof zurück und suchte im Rauchfang nach dem gewohnten Leuchten der Flamme, aber die Herdglut biss nur ihre Haut und sengte die Wimpern, denn der Blick war erloschen. Blind war sie, und geblendet blieb sie, und da half ihr kein weises Sprüchlein.

Nun aber lebte auf diesem Hof eine uralte Frau. Die war noch von der alten Welt. Sie saß zu jeder Stunde am Herd, spann im Rauch und roch das Unsichtbare. Die Kunde von den alten Zeiten war ihr noch zugegen, und sie wusste mehr von dem Wechsel und Wandel der Dinge als die anderen. Manchmal, mitten im fleißigen Spinnen, hielt sie das Rädchen an, legte ihre welken Hände in den Schoß, blickte wie in weite Ferne und seufzte aus glücklicher Erinnerung: »Ach, das waren noch Zeiten, als Berchta spann«, dann brach ein Leuchten aus ihren alten Augen, als wäre die Angerufene eingetreten.

Nun musste die sonst so flinke Magd viel bei der Alten am Rauchfeuer sitzen und spinnen, Flachs brechen, hecheln oder sonst eine Arbeit machen, wie sie auch wohl ein Blinder zusammentastet. Aber sie saß da, steif und verstockt an der Glut, und ihre junge Seele war eingefroren vor bitterem Harm. Also verharrte sie in den Wintertagen vor Trotz und kein Trost der Alten vermochte sie zu erwecken.

Als aber endlich der Frühling aus allen Büschen brach und das erste Vogellied aus dem Blumengarten herüberwehte, da taute ihre Seele auch wieder auf, und die Geblendete rief in plötzlicher Freude: »Hörst du, Großmutter, so hör doch, wie der Vogel ruft. Was er wohl weiß, was er wohl will. Oh, wer nur die Sprache der Tiere verstünde, was möchte man da alles erfahren.«

Da lächelte die Alte und sprach: »Auf dieses Lied habe ich lange gewartet. So will ich dir aus alter Erfahrung erzählen, was mir für Kunde wurde aus jener Zeit, als noch Frau Berchta überall unter den Menschen gewirkt hatte.«

Sie knüpfte einen neuen Faden an den alten und erzählte von der Waldfrau, der Spinnstubenmuhme, der Herrin des Rosengartens und der Mutter der Heimchen. Immer neue Geschichten lockte die Junge aus ihr heraus und erhellte damit ihr dunkles Jahr, bis wieder die Heiligen Zwölften kamen.

Schon duftete es im Garten nach Honigkuchen und süßem Gewürz, schon schwang die Verheißung vom Kind über die ganze Erde hinaus, schon rüstete sich die versunkene Sonne zur Wiedergeburt aus dem Schatten der Wendenacht.

Oft lag das Mädchen lange noch lauschend wach auf seinem Lager und bedachte alles, was der alten Großmutter Mund ihr verkündet hatte. Sie hatte sich selbst wie in einem Spiegel gesehen, durch die ihr die inneren Augen geöffnet waren. Sie hatte dies alles gelebt und gelitten wie Eigenes, und da sie nun hinauslauschte in die Nacht aller Nächte, da wusste sie, dass die Erfüllung vor der Tür stand. So lag sie dann und wartete auf die Stunde, da gewahrte sie vom Kuhstall herauf ein sonderbares Getue.

Sie hörte, wie der Stier seine Hörner am Krippenholz wetzte. Und sie vernahm deutlich aus seinem wiederkäuenden Maul die dunklen Worte: »Du«, sagte der Stier zur Kuh, »wusstest du auch schon, dass Frau Berchta der Blinden vergeben will?«

Da antwortete die Kuh: »Du, weißt du auch schon, dass Frau Berchta die Blindheit von diesem Mädchen nehmen will?«

»Wie soll das aber geschehen?«, fragte dumpf der Stier.

Da antwortete die Kuh: »Es wird geschehen wie Frau Berchta der alten Großmutter verkünden wird.«

Dies alles geschah nun dem Mädchen so wie ein Traum. Sie vermochte kein Glied zu rühren, und es war diese Nacht voller verworrener Stimmen und dunkler Gesichter.

Am Morgen berichtete sie der Alten, was die Tiere verheißen hatten.

Da sagte diese: »In dieser Nacht sah ich Frau Berchta über die Berge gehen. Sie sah aus wie meine selige Mutter, grüßte vertraulich und gab mir eine Bestellung mit. Du sollst ihr am Berchtenabend den Tisch an der Schlucht bereiten, dort will sie dir noch einmal erscheinen.«

Ein Wort stützt nun das andere und so mag es denn wohl geschehen.

Die Sonne versank in der zwölften Nacht, da nahm die alte Großmutter das blinde Mädchen zur Hand und ging mit ihr hinauf an den Hohlweg. Unter der Birke schlug nun die Blinde den Tisch auf, bereitete weißes Linnen darüber, strich das Tuch mit Sorgfalt glatt und rückte Schüsseln und Krüge zurecht. Aus ihren tastenden Händen stieg der Blinden das Bild des vorigen Jahres wieder herauf, wo sie beim Blick auf diese Gaben in ewige Nacht gefallen war. Ihre Augen wurden zu zwei lebendigen Blumen und die salzigen Tropfen sickerten in das weiße Linnen.

Da hörte sie eine gütige Stimme, die fragte ganz dicht über ihren Augen: »Der Mond, der scheint, wer barmt, wer weint?«

»Ach«, so klagte sich das Mädchen nun schuldig. »Ich wollte Frau Berchta mit Augen sehen, und das war doch gegen ihr Gebot. Ich glaubte es nicht und verlor den Mond, die Sonne und aller Dinge Leuchten.«

Da sagte Frau Berchta, denn sie selber war wiedergekommen mit ihren Heimchen: »Das soll wohl wahr sein. Vor einem Jahr habe ich an dieser Stelle zwei Augen gelöscht und dafür zwei innere Lichter angezündet. So trage denn doppeltes Licht, gehe hin und vergess' das Beste nicht.«

Und sie blies dem blinden Mädchen in die toten Augen, als dass das Licht aufblühte mit all seinen Sternen, und alles ringsum schien wie im Jahr zuvor.

Der Mond schien auch, der Tisch war zubereitet unter der glitzernden Birke, doch Frau Berchta mit ihren Heimchen war schon längst über alle Berge gezogen. Von fern nur wehte es noch wie Gesang und liebliches Saitenspiel.

Die stolze Anna von Schleching

Die liebliche, wohlgewachsene Anna, Tochter eines Bauern aus dem Schlechinger Tal, wurde von den Burschen im Dorf heftig umworben. Nicht nur schön war sie, sie strahlte auch große Freundlichkeit und innere Harmonie aus. Jeder Schlechinger Bursch hätte bei ihr gerne Erfolg gehabt. Die Anna jedoch schenkte dem Werben der jungen Schlechinger wenig Beachtung, sie verteilte ihre Freundlichkeit zu gleichen Teilen, gab aber niemandem Anlass zu größerer Hoffnung. Sie glaubte nicht daran, dass einer von den Herangewachsenen, mit denen sie früher die Schulbank gedrückt hatte, als Ehemann geeignet wäre. Nachts, wenn der Bergwind sanft die Senkungen hinauswehte, träumte sie oft von der Ferne, von unbekannten Ländern, weit weg von ihrem allzu engen Heimattal.

Die Burschen im Tal waren über ihre Unnahbarkeit verstimmt und jeder hoffte, dass sie sich letztendlich doch für ihn entscheiden würde. Am meisten ergrimmt war der

Dominikus. Er hatte sich am weitesten vorgewagt, hatte der Anna nach der Maiandacht sogar ein Busserl abringen wollen! Die Anna aber hatte ihn sauber abblitzen lassen, und er brauchte sich um den Spott dafür nicht sorgen.

Zudem hatten die Schlechinger Wind davon bekommen, dass auch die Aschauer Jungmannen von der schönen Anna gehört hatten. Sie hatten es sogar gewagt, an Kirchweih in Schleching vorbeizuschauen, rein zufällig natürlich. Es kam zu einer kleinen körperlichen Klarstellung und bedurfte einer weiteren Androhung von »Strixen«, um die Aschauer aus dem Schlechinger Revier zu drängen. Trotzdem hieß es, auf der Hut zu sein.

Am Thomasabend fasste nun der Dominikus einen Plan: Er wollte die Anna erschrecken, die Aschauer ein für alle Mal aus dem Verkehr drängen und auch seine verletzte Eitelkeit rächen. So verkleidete er sich als Teufel, mit einem rot gefärbten Geißenfell, einer furchterregenden Holzmaske und Hörnern auf dem Kopf. So verhüllt schlich er sich in Annas Zimmer und versteckte sich dort unterm Bett.

Bald trat die Anna zur Schlafenszeit in ihr Zimmer, pochte dreimal an den Bettstaffel und bat den heiligen Thomas, ihr den Geliebten erscheinen zu lassen. Genau in diesem Moment rollte sich der verkleidete Dominikus unter dem Bett hervor, sprang auf und rief:

»Der Aschauer Teufel wird dein Geliebter,
wenn dir die Schlechinger nicht gut genug sind!«

Grausam sah er aus, im Kerzenlicht! Böse Schatten tanzten über seine hölzerne Fratze! Die Augen schienen zu glühen wie zwei Holzkohlen! Anna fuhr der Schreck so in die Glieder, dass sie schlagartig in Ohnmacht fiel und mit einem Seufzer zu Boden ging. Diese Zeit nutzte der Kerl, um zu verschwinden.

Bevor die Anna langsam wieder erwachte, erschien ihr im Traum ein Gesicht. Es gehörte zu einem der Aschauer Burschen. Sie war auf ihn aufmerksam geworden, als er auf seiner diatonischen Harmonika spielte, beim Almsommer oben am Spitzstein. Kein Gockel war er, sondern ein ganz Sanfter, Ruhiger.

Anna erwachte nun aus ihrer Ohnmacht. Sie fasste wieder klare Gedanken, reimte sich alles zusammen und erkannte, dass wohl die Schlechinger hinter der argen Teufelei steckten.

Ihr Ärger und ihre Wut darüber vergingen nicht mehr! Keiner dieser Lackln bekam von ihr je wieder einen freundlichen Blick!

Übers Jahr verliebte sich Anna in einen jungen Aschauer Musiker und wanderte mit ihm nach Kanada aus. Seine diatonische Harmonika nahmen sie in die Ferne mit. Den Schlechingern aber blieb nichts, als den beiden nachzuschauen.

Alfred Smedberg

Die Trolle und der Koboldjunge

In dem Vorratshaus des kleinen Bauernhofes am Waldrand wohnten drei kleine Kobolde, Tjarfa, Torgus und Tjovik. Sie waren kaum mehr als eine Viertelelle lang und gehörten einem alten Koboldgeschlecht an, das schon über neunhundert Jahre auf dem Hof lebte. Das Anwesen hatte viele Male den Besitzer gewechselt. Die alten Menschen waren fortgegangen, und an ihrer Stelle waren neue gekommen. So war es Geschlecht auf Geschlecht Jahrhunderte hindurch gewesen. Aber die Koboldfamilie blieb treu wohnen, und die Würde des Großkobolds oder Hauskobolds auf dem Hof vererbte sich vom Vater auf den Sohn.

Es war Weihnachtsabend und großer Festschmaus dort unten im Vorratshaus. Der alte Koboldvater, Tjarfa Jovikson, wurde in der Weihnachtsnacht fünfhundert Jahre alt, und deshalb wurde gleichzeitig Geburtstags- und Weihnachtsschmaus gehalten. Er war trotz seines hohen Alters munter und rüstig, hatte die Hausherrngewalt aber kürzlich seinem Sohn, Torgus Tjarfason, übergeben, einem Dreihundertjährigen im Vollbesitz seiner Kräfte. Nun lebte der Alte auf dem Altenteil zwischen ein paar Mehlfässern in einer Ecke des Vorratshauses.

Der jüngste kleine Kobold, Tjovik Torgusson, war ein Knirps von nur hundert Sommern. Er hatte noch keinen Bart und reichte dem Vater kaum bis zur Achselhöhle.

Der kleine Hof lag sehr schön zwischen Wiesenstreifen und mit Laubwald bedeckten Hügeln. Zur einen Seite breiteten sich die Äcker aus, aber die andere Seite bedeckte dichter, dunkler Wald.

Ein Stück im Wald lag der steile, felsige Fuchsberg, und dort wohnten die Trolle Jåmpa und Skimpa. Jåmpa war der Trollkönig und lebte im Berg, und Skimpa war seine Frau. Lange bevor die Menschen in das Land gekommen waren, hatten sie schon dort gewohnt, sie waren viertausend Jahre alt.

Zwischen den Kobolden und den Trollen hatte zu allen Zeiten bittere Feindschaft geherrscht. Die Trolle waren groß, stark, böse und dumm, die Kobolde waren klein wie Puppen, aber freundlich und sehr klug. Die Trolle wollten den Leuten auf dem Hof nur Böses zufügen, und das konnten die Kobolde nicht zulassen. Deshalb gab es ständig Streit zwischen ihnen. Manchmal hatten die Kobolde die Oberhand, manchmal die Trolle. Anders kann es nicht sein, wenn sich Kraft und Verstand bekämpfen. Doch wer den Sieg davontrug, hing meistens von den Menschen ab, die auf dem Hof wohnten.

Jetzt war also großer Festschmaus im Vorratshaus. Alle Kobolde aus der Gegend waren eingeladen, und es ging fröhlich und lebhaft zu. Das Vorratshaus war reichlich versehen mit allerlei Esswaren. Es gab Äpfel und Würzbrot und Schinken und Wurst auf dem kleinen Tisch, einer umgedrehten Zuckerkiste. Die Leute auf dem Hof wussten sehr gut, wie vorsichtig die Kobolde waren und dass sie niemals auch nur ein Körnchen unnötigerweise verschwendeten.

»Großvater, jetzt musst du Geschichten von Skimpa und Jåmpa erzählen«, sagte Tjovik.

Und er krabbelte auf den Schoß des Alten und streichelte seinen langen weißen Bart.

»Jaja, mein Kleiner«, sagte der Großvater fröhlich. »Sitz nur still jetzt, dann sollst du von alten Zeiten hören.«

Alle Kobolde setzten sich auf ihren Plätzen zurecht. Einige lagen halb auf dem Fußboden, die Hand unter der Wange, andere saßen auf umgedrehten Anchovisdosen und baumelten mit den Beinen.

»Jaja«, begann der alte Tjarfa, »ihr werdet sehen, vor achthundert Jahren, als mein Großvater Tarja Torgusson in seinen besten Jahren war, da war Leben da oben auf dem Fuchsberg. Das war zu der Zeit, als das Christentum im Land eingeführt werden sollte und die Leute dort in der Ebene eine Kirche bauten. Aber davon wollten die Trolle natürlich nichts wissen, und so rissen sie jede Nacht nieder, was die Leute am vorhergehenden Tag gebaut hatten.«

»Aber die Kirche wurde jedenfalls gebaut«, sagte der kleine Tjovik.

»So ist es, mein Junge, und Tarja, mein alter Großvater, hat den Leuten dabei geholfen. Er nahm eine Tüte mit Asche, wisst ihr, und kletterte auf einen Baum neben dem Felsen. Als dann die Trolle in der Nacht herauskamen, um Steine zu sammeln, die sie anschließend auf die Kirche werfen wollten, blies er ihnen Asche in die Augen.«

»Und da konnten sie die Kirche natürlich nicht sehen«, riefen die Kobolde entzückt.

»Nein, das konnten sie nicht. Das war vielleicht ein Geheul und Geschrei bei den Trollen, als sie ihre Blöcke auf gut Glück werfen mussten und kein einziger traf.«

»Armer Jåmpa«, kicherte der Koboldjunge.

»Nun, da wurde die Kirche also fertig«, fuhr der alte Tjarfa fort. »Der Bischof weihte sie, und danach konnten die Trolle ihr nicht mehr schaden. Aber umso schlimmer hausten sie im Wald unter Mensch und Tier. Damals gab es Wölfe und Bären, die von den Trollen auf das Vieh der Bauern gehetzt wurden. Und Großvater musste ständig hin und her flitzen, um den armen Leuten zu helfen.«

»Haben die Trolle ihn nie erwischt?«, fragte Tjovik.

»Doch, viele Male hatten sie ihn drinnen im Berg, aber er hat es immer verstanden, sie an der Nase herumzuführen und zu entwischen. Manchmal kam er schmutzig und mit zerrissenen Kleidern nach Hause, aber manchmal brachte er so viel Gold mit, wie er tragen konnte.«

»Haben die Trolle Gold im Berg?«, fragte der Junge verwundert. Da fingen die anderen Kobolde so herzlich an zu lachen, dass ihre Bärte hüpften.

»Man merkt, dass du noch ein Kind bist, kleiner Tjovik«, sagten sie. »Sonst wüsstest du wohl, dass der Berg voller Ringe und Spangen und anderem Goldschmuck ist.«

»Los!«, rief der kleine Kobold entzückt. »Wollen wir nicht versuchen, ein wenig von den Schätzen nach Hause zu schaffen? Die armen Leute hier in der Gegend können schon ein bisschen Flitterkram gebrauchen, um sich daran zu erfreuen.«

»Nein, nein, mein Kleiner«, sagte der Vater verdrießlich. »Das Gold, das die Menschen von den Trollen bekommen, wird nie zum Segen. Es weckt nur Hochmut, Faulheit und Verschwendung, Streit, Schlägereien und Feindschaft. Das begriff mein Großvater schnell, und deshalb haben sowohl mein Vater und ich als auch alle anderen Kobolde hier in der Gegend das Berggold in Ruhe gelassen.«

»Ja, es ist wohl auch nicht so leicht, da heranzukommen«, meinte Tjovik.

»Doch, in solch einer Nacht wie dieser geht es ziemlich leicht«, antwortete der alte Großvater. »In der Weihnachtsnacht holen die Trolle ihre Schätze hervor, um sie zu zählen, und dann sind sie so eifrig dabei, dass sie nichts hören und nichts sehen.«

»Aber wie kommt man in den Berg?«, fragte der Koboldjunge.

»In der Weihnachtsnacht gehen die Türen des Berges von selbst auf«, antwortete der Alte. »Aber wehe dem Armen, der dort bleibt, bis die Glocken zum Frühgottesdienst läuten. Dann bekommen die Trolle Gesicht und Gehör zurück, und dann wird man erwischt.«

»Und ist dein Vater auch mal mit den Trollen in Streit geraten, Großvater?«

»Jovik Tarjason! Ja, das will ich meinen. Einmal hing sein Leben nur an einem Faden. Das war, als er auf dem Ochsen aus dem Berg ritt.«

»Wie war denn das? Lieber Großvater, erzähl, erzähl.«

»Ja, also Skimpa hatte dem Bauern auf dem Hof hier einen Ochsen gestohlen. Mein Vater wurde natürlich wütend und schlich sich in den Berg hinein. Das ging wunderbar, denn die Trollalte hatte vergessen, die Tür zu schließen. Da stand Jåmpa mit einer Axt vor dem Ochsen und wollte ihn schlachten. Na, mein Vater, der war nicht bange. Er kletterte am Schwanz auf den Ochsen hinauf und stach ihn mit einer Stecknadel in den Rücken. Heisa! Der Ochse machte einen Sprung und stieß Jåmpa und Skimpa mit den Hörnern, sodass alle beide auf den Rücken fielen. Und dann sauste der Ochse zur Tür hinaus, mit Vater auf dem Rücken.«

Die Kobolde lachten so, dass zwei kleine Kobolde von den Anchovisdosen herunterkullerten.

»Na, und du, Großvater? Bist du einmal im Berg gewesen?«, fragte Tjovik.

»Viele Male. Aber ich habe niemals etwas anderes von den Trollen genommen als das, was sie den Leuten geraubt hatten. Einmal kam ich mit knapper Not mit dem Leben davon. Ich verlor die Zipfelmütze und die Holzschuhe und kam schwarz wie ein Schornsteinfeger nach Hause.«

»Wie bist du denn so schwarz geworden, Großvater?«

»Ja, ich musste doch durch den Schornstein hinaus, weil alle Türen verschlossen waren.«

»Da warst du genauso schlimm dran wie mein Bruder vor ein paar Jahren«, sagte einer der Kobolde.

»Wie war denn das mit ihm, Onkel?«, fragte Tjovik.

»Ja, er wollte das geraubte Hütemädchen vom Granhultabauern suchen und war noch im Berg, als der Hahn krähte und alle Türen zuschlugen. Es blieb ihm nichts anderes übrig, als sich in die Bergquelle zu werfen und sich von dem Strom tragen zu lassen, der unter der Erde fließt. Du weißt, dass der Bach, der hier am Hof vorbeiführt, im Berg seine Quelle hat. Der Ärmste hatte keinen trockenen Faden am Leib, als er nach Hause kam.«

Der kleine Kobold hörte dies alles mit größtem Interesse. Er wollte den Trollen zu gern einen Armreifen oder eine Goldkette wegschnappen und sie Anna-Lisa geben, der ältesten Tochter im Haus, die bald getraut werden sollte. Sie war zu allen freundlich, und Tjovik wollte ihr etwas Gutes tun.

Lange saßen die Kobolde und lauschten dem alten Tjarfa. Doch schließlich wurden alle müde. Die Gäste gingen nach Hause. Der Großvater bettete sich auf einem alten Handschuh zur Ruhe, der in einer Ecke herumlag, und Torgus und Tjovik legten sich auf ein Katzenfell zwischen ein paar Zuckerkisten.

Aber der kleine Kobold konnte nicht einschlafen. Er lag nur da und grübelte darüber nach, wie er Anna-Lisa ein Schmuckstück aus dem Berg beschaffen könnte, nur ein einziges. Das konnte ihr doch nicht schaden? Die Menschen wurden wohl nur böse, wenn sie zu viel Gold bekamen.

Schließlich stand er auf, setzte die Zipfelmütze auf und zog die Holzschuhe an, ergriff seinen kleinen Stock und begab sich in den Wald hinaus.

Die Nacht war still und dunkel. Kein Stern blinkte am Himmel, und aus den Häusern des Dorfes fiel kein einziger Lichtschein. Alles schlief den tiefen, ruhigen Mitternachtsschlaf, nur vom Wald her ertönte ein paarmal das langgezogene Heulen eines Fuchses.

Der kleine Kobold trippelte rasch weiter. Er hatte keine Angst vor der Dunkelheit und kümmerte sich auch nicht um den Fuchs. Mit dreidaumenlangen Beinen ist man nicht besonders schnell, aber der Knirps konnte drei Schritte machen, wenn ein Mensch einen tut, und deshalb kam er auf jeden Fall vorwärts. Nach einer Stunde war er am Fuß des Fuchsberges.

Hu, wie felsig und steil und hoch er aufragte! Kein einziger Lichtstreifen drang aus den Felsspalten, aber von innen war Klingen und Rasseln zu hören, als ob jemand mit Gold- oder Silbergeld klapperte.

Wartet nur, sagte der kleine Kobold und begann den Berg hinaufzuklettern.

Es ging nicht schnell, aber es ging immerhin. Manchmal rutschte er ein Stück zurück, aber er griff von Neuem zu und kam immer höher hinauf. Keuchend und verschwitzt gelangte er von Klippe zu Klippe, von Felsblock zu Felsblock, schwang sich von einem Absatz auf den anderen und war bald auf halber Höhe. Aus einem Gehölz in der Nähe ertönte der Schrei einer Eule, aber Tjovik ließ sich nicht schrecken. Er wollte klettern, bis er eine Öffnung fand, durch die er zu den Trollen hineinkommen konnte.

Da sah er schließlich aus einem kleinen Spalt im Felsen einen Lichtschein. Er steckte seinen Stock in den Spalt und drückte ihn zur Seite. Die Türangeln mussten wohl gut geölt worden sein, denn die Tür ging sacht auf, ohne dass ein Laut zu hören war.

Der Knirps kam jetzt in einen großen Saal, Wände und Decke waren aus schwarzem, rauem Gestein. Hier und da lagen Knochen großer Tiere auf dem Boden, und an den Wänden hingen rostige Waffen.

»Hu, hier ist es unheimlich«, sagte der Koboldknirps und ging weiter.

Da kam er an eine neue Tür, die aus Kupfer zu sein schien. Sie ging genauso leicht auf wie die erste, und nun gelangte Tjovik in einen neuen Saal. Hier lagen Haufen von Silbergeld an den Wänden, aber kein einziges lebendes Wesen war zu sehen.

Der Koboldjunge blieb verwundert stehen und schaute auf die Silberhaufen.

»Hier könnte ich mir ja schon Geld für eine Uhr beschaffen, an der mein braver Bauer seine Freude hätte«, sagte er. »Aber halt. Was ist das für ein Klingen hinter dieser Silbertür. Ich möchte doch wissen, was sie da drinnen machen …«

Er ging leise auf die Silbertür zu und öffnete sie. Und was bekam er zu sehen! Mitten auf dem Fußboden stand eine offene Kiste, und neben ihr saßen zwei schreckliche Trolle und klirrten mit Goldringen, Armbändern, Perlen und Edelsteinen. Sie waren so damit beschäftigt, ihre Schätze in der Kiste zu zählen, dass sie es weder hörten noch sahen, als Tjovik hereinkam.

An der einen Seite des Saals befand sich eine Quelle, aus der das Wasser unter die Wand und in die Erde strömte. Am Rand lag ein geborstener Holzschuh, der mit einer Schnur an der Wand festgebunden war, dass er nicht fortschwimmen konnte.

Diesen unförmigen Holzschuh hat Skimpa in die Quelle gesetzt, damit der Riss dicht wird, sagte Tjovik zu sich selbst. Wer weiß, ob ich nicht in diesem Boot von hier fortsegele, falls die Türen geschlossen werden sollten.

Leise und vorsichtig ging er zu der Kiste. Aber die war so hoch, dass er nicht bis zum Rand reichte. Er reckte und streckte sich, sosehr er konnte, und im gleichen Augenblick, da … ja, nun sollt ihr es erfahren.

Jåmpa und Skimpa mussten auf einmal niesen. Du meine Güte, so stark, dass der Berg erdröhnte! Der Luftzug war so kräftig, dass der kleine Kobold wie ein Handschuh durch die Luft flog und kopfüber auf das Gold in der Kiste fiel.

Ach, nun geht doch alles schief, dachte Tjovik und

umklammerte den Stock, um sich gegen die Trolle zu verteidigen.

Doch die dummen Wesen hatten ihn nicht gesehen. Sie zählten und zählten nur. Der Knirps sah sich zwischen all dem Gold um. Und er wählte eine Kette aus, die gerade lang genug als Halskette war, und versuchte dann auf den Rand der Kiste zu klettern, um von dort auf die Erde springen zu können.

Da begannen im gleichen Augenblick die Kirchenglocken zum Frühgottesdienst zu läuten. Beide Trolle sprangen auf und stopften sich die Finger in die Ohren. Alle Türen des Berges fielen ins Schloss, und der Kistendeckel schlug über dem Gold und dem kleinen Kobold zu.

Ja, da saß er nun wie eine Maus in der Falle. Aber er gehörte nicht zu denen, die gleich den Mut verlieren.

Wenn ich nur die Trolle dazu bringen kann, die Kiste wieder zu öffnen, dann wird sich schon Rat finden, dachte er.

Und er hielt den Mund an das Schlüsselloch und pfiff wie eine Maus.

»Wir haben eine Maus in der Kiste, Vater«, sagte die Trollalte.

»Die muss da sitzen bis zum nächsten Weihnachtsabend«, sagte der Troll.

»Dann frisst sie Löcher in die Kiste, Väterchen«, sagte die Alte.

»Da kannst du recht haben, Mütterchen«, sagte der Alte.

Und er öffnete die Kiste und sah den Koboldknirps an der Kante sitzen.

»Ja, du bist mir eine lustige Maus«, sagte er und lachte so, dass der Bauch wackelte. »Was bist du für ein Luftikus?«

»Ich bin Tjovik Torgusson, der Koboldjunge vom Hof«, sagte der Knirps keck.

»Ha, ha, ha! Hi, hi, hi! Ho, ho, ho!«, lachte der Trollalte, während er den Knirps zwischen Daumen und Zeigefinger nahm. »Du wirst eine nette kleine Nachspeise nach dem Weihnachtsschinken. Hast du die Bratpfanne in Ordnung, Mutter?«

»Ihr könnt mich doch nicht braten, bevor ich mir den Schmutz von den Fingern gewaschen habe«, sagte Tjovik.

»Warte nur«, sagte der Troll. »Du wirst schon gewaschen werden, darauf kannst du dich verlassen.«

Und dann setzte er den Knirps an den Rand der Quelle und schüttete Wasser über ihn.

»So wird das nichts!«, rief Tjovik. »Du musst schon eine Bürste und Seife herholen.«

»Das ist ja ein strenger kleiner Herr«, brummte der Troll und ließ ihn los, um eine Bürste zu holen.

Im gleichen Augenblick sprang der kleine Kobold in den Holzschuh, zog sein Taschenmesser heraus und schnitt die Schnur durch, die ihn festhielt.

Heisa! Der Holzschuh folgte sofort der Strömung unter die Felswand. Jåmpa und Skimpa stießen gleichzeitig so ein Geheul aus, dass das Trommelfell hätte zerspringen können. Aber der kleine Kobold schwenkte seine Zipfelmütze und rief: »Hurra!«

Der Strom führte den Holzschuh mit dem kleinen Passagier durch den unterirdischen Kanal hinaus in den Bach, der am Hof vorbeifloss. Dort sprang der Knirps an Land und ging nach Hause. Aber die Goldkette hatte er verloren, als der Troll Wasser über ihn geplanscht hatte.

Um ein Haar hätte der kleine Kobold vom Vater und auch vom Großvater für sein dummdreistes Verhalten

Prügel bezogen. Aber er kam noch einmal so davon, weil er vorher noch nie etwas ausgefressen hatte. Und er musste versprechen, niemals mehr nach anderen Schätzen zu suchen als solchen, die man durch nützliche Arbeit verdienen kann. Und dies Versprechen hat er als ehrlicher Kobold immer gehalten.

Die übergossene Alm

Weithin erhebt sich der mächtige Gebirgsstock des Hochkönigs mit seinen ausgedehnten Gletscher- und Firnfeldern der übergossenen Alm.*

Auf dieser heute von Eis starrenden Fläche lagen einst saftige Almwiesen, auf denen kniehohes Gras wuchs und friedliche Kühe weideten. In den Almhütten waren lustige Sennerinnen am Werk, um die reichlich fließende Milch zu verarbeiten. Und so groß war der Segen, dass man Käse und Butter gar nicht mehr wegschaffen konnte. Viel Geld floss in ihre Taschen und das gute Leben machte alle übermütig und ausgelassen.

Die Glocken, die am Hals ihrer Kühe klangen, mussten von reinem Silber sein und die Hörner der Stiere glänz-

* Diese weitverbreitete Sage von der übergossenen Alm wird in allen Teilen der Alpen, aber auch in den Pyrenäen und im Himalaya erzählt.

ten mit Gold überzogen in der Sonne. Sie schmausten und prassten im Überfluss und ließen den besten Wein fässerweise aus dem Salzburger Stiftskeller heraufbringen.

Die Wege zwischen den Hütten wurden mit runden Käselaiben gepflastert, die Fugen dazwischen mit frischer Butter ausgefüllt, damit, wie sie sagten, der Teufel etwas zu fressen habe, wenn er mit seinen Gesellen bei Nacht daherkommt. Die Butter war ihnen gerade recht, Kugeln daraus zu formen und aus dem Käse schnitzten sie Kegel.

Zu ihren Festen luden sie lustige Jägerburschen ein und tanzten und sangen mit ihnen die ganze Nacht lang. Die übermütigen Dirnen wollten zarte, feine Gesichter und Arme haben, drum badeten sie sich in der Milch und schütteten dann das köstliche Labsal schaffweise weg.

Es war gerade der heilige Christabend, als die schöne, schwarze Monika sich wieder in der Milch badete, weil sie auf ihren Jägersburschen wartete.

Da wälzte sich von den Teufelshörnern her in dunklem, unheimlichem Gewoge ein furchtbares Unwetter heran. Ein grässlicher Sturm erhob sich und schleuderte aus dem schwarzen Gewölk eine wirbelnde Flut von Eis und Schnee auf die zu Tode erschrockenen Frevler herab. Hals über Kopf versuchten sie, ihre Habseligkeiten zusammenzuraffen und vor der wütenden Natur zu fliehen. Doch dies scheiterte in dem Inferno kläglich.

Der Schneesturm begrub sie mit Hütten und Herden, und die einst grünenden Almen überdeckt seitdem ein mächtiger Gletscher. Und so liegt das Gefilde bis heute noch unter dem Eis und man nennt die weite Fläche die »Übergossene Alm«.

Die weiße Gams

Es war in der Nacht vor dem Übergang zum neuen Jahr, da stieg ein Wildschütz aus dem Rauriser Tal ins Gebirge hinauf. Das Rauriser Tal liegt in der Goldberggruppe am Goldbach, und wie schon der Name sagt, ist der Berg durchdrungen von Stollen und Schächten, damit man das edle Metall aus seinem Bauch schürfen kann.

Eiskalt war's in dieser Silvesternacht, eiskalt und klar. Der Frost biss in Nase und Lungen und der Schnee knarzte und knirschte unter den Stiefeln wie eine alte Stadeltür. Das Jagdfieber allein war es nicht, das den Kerl in dieser Sternennacht hinauf in die Felsen lockte. Es waren ebenso Armut und Not, die überall im Tal zu Hause waren. Der Lohn, der von der Arbeit in den Gold- und Silberminen des Bergwerks übrig blieb, reichte kaum zum Leben. Zum Sterben wiederum war es zu viel. Deswegen holte sich der Schütz ab und an ein Stück Wild aus den Bergen. Einen Teil vom Fleisch verschenkte er an arme Familien, den anderen behielt er für sich.

Im Kar angekommen legte er sich hinter einen Felsen, der ihm Sichtschutz bot. Durch seinen schweren Umhang war er vor der unerbittlichen Kälte einigermaßen geschützt. Sein Blick wandert hinüber in die Schrofen und die Augen tasteten das Gelände ab. Doch da ging sein Herzschlag in die Höhe, das war ihm noch nie untergekommen: Eine Herde weißer Gämsen stand da drüben. Im Schnee hatte er sie gar nicht erkennen können, erst als die grauen Felsen die Tiere vom unendlichen Weiß abhoben, konnte er sie im Mondlicht wahrnehmen.

Was der Wildschütz nicht wusste: Die weißen Gämsen gehörten den drei Saligen Frauen. Diese lebten oben in einer Höhle aus Bergkristall, die Herde hielten sie als Milchtiere, und in den hellen Mondnächten ließen sie diese seltenen Geschöpfe in seinem Licht baden, weil dies ihrem weißen Feld guttat.

Weil aber dem Wildschützen davon nichts bekannt war, legte er den Stutzen an. Das Blut pochte in seinen Schläfen. Doch das helle Fell war vor der winterlichen Umgebung nur schwer auszumachen. Immer wieder zögerte er, abzudrücken. Die Herde zog nichtsahnend weiter, bald wäre sie aus dem Schussfeld verschwunden.

Eine Wolke schob sich vor den Mond: Die letzte Gelegenheit! Er zielte, drückte ab und gab Feuer! Der Knall des Schusses hallte von den Felsen wider, jedoch die Gams blieb nicht liegen – sie stand auf und lief verletzt davon.

Ein derart schlechter Schuss ist eine Schmach für jeden Schützen! Der Wilderer erkannte, dass das Tier schwer getroffen war und um ihm das Leiden zu verkürzen, ging er ihm nach. Er folgte der blutroten Spur des Tieres auf dem Schnee, immer höher stieg er hinauf. An einem Felsenbogen vorbei gelangte er in ein Kar, das ihm bisher nicht bekannt gewesen war. Immer weiter kletterte er bergan. Da stand die weiße Gams plötzlich wieder ganz nah vor ihm. Er riss den Stutzen herunter und legte an. So gelang es ihm, einen zweiten Schuss zu setzen und das Tier von unnötigem Leid zu erlösen.

Als er vor der erlegten Gams stand, hoch droben, da öffneten sich die Felsen mit einem dunklen Mahlgeräusch. Eine versteckte Höhle tat sich auf. Er stand vor der heimlichen Wohnstatt der Wildfrauen.

Die drei traten aus ihrer Behausung heraus, sie warteten bereits auf ihn. Bei aller Zartheit und Schönheit in ihren Gesichtern funkelten die Augen der Saligen vor Zorn: »Du hast auf eine weiße Gams geschossen! Sie stehen unter unserem Schutz!« Aufgebracht forderten sie eine Erklärung von dem Burschen.

»Verzeiht mir, Salige Frauen!« Kleinlaut beugte der Schütz das Knie. Von den Saligen hatte er schon oft aus Erzählungen gehört. Er wusste auch, dass es ratsam war, sich gut mit ihnen zu stellen, weil das Glück und Segen bringen konnte. Wer aber ihren Zorn auf sich lud, dem drohten Unheil und jedwedes Missgeschick. Er tat also alles dafür, ihren Zorn zu besänftigen.

»Ich bitte Euch, seht mir nach, dass mir die weißen Gamsen ganz unbekannt waren. Ich verspreche euch, nie mehr werde ich das Gewehr auf sie anlegen! Aber ohne Wildfleisch wären manche im Tal schon verhungert.« Er erzählte ihnen von der Witwe in der Siedlung, deren Mann im Bergwerk vom Gestein erschlagen worden war, und die allein zehn hungrige Mäuler sattkriegen musste. Sie war eine von denen, die der Wildschütz immer unterstützt hatte.

Durch seine Reue glätteten sich die Zornesfalten und die drei Frauen ließen sich versöhnen.

»Der Schuss kann nicht mehr in den Lauf zurückfliegen. Was geschehen ist, das ist geschehen. So kannst du jetzt auch zum Mahl dableiben.«

Die drei Frauen bedeuteten dem Schützen, ihnen in die Höhle zu folgen. Kristalle funkelten von den Wänden, der Boden war mit einem warmen Vlies aus Tierhaaren bedeckt und alles machte einen behaglichen Eindruck.

Die Frauen schürten das Feuer an, die weiße Gams wurde gebraten, allerlei unbekannte Kräuter streuten sie darüber, ein wunderbarer Duft strömte umher und die Speise mundete dem Schützen köstlich. Die Wildfrauen aber ermahnten ihn, jedes Knöchelchen sauber abzunagen, sorgfältig auf den Boden zu legen und keines zu verlieren. Diese Anweisung machte den Burschen neugierig, heimlich ließ er ein kleines Beindl vom Hinterfuß in seine Tasche gleiten.

Nach dem Mahl sammelten die Saligen gründlich die Knöchlein ein, legten und ordneten sie auf der ausgebreiteten Haut der Gams. Dann gab eine von ihnen dem seltsamen Gebilde einen leichten Schlag und husch! Die Gams stand wieder auf ihren Läufen, schüttelte sich wie nach einem Schlaf und sprang davon. Vor Staunen blieb dem Wildschützen der Mund offen.

Die Wildfrauen gaben ihm noch einen kleinen Laib Käse mit auf den Weg, den sie aus der Gamsmilch gesennt hatten. Den Laib sollte er der armen Witwe vor die Tür legen. Sodann ermahnten sie ihn, nichts von ihrer Höhle mit all ihren Geheimnissen zu erzählen.

Als die blasse Wintersonne durch den milchigen Neujahrsmorgen brach, war der Wildschütz wieder unten im Tal. Statt einer Gams hatte er den Laib Käse von der Pirsch ins Tal gebracht. Diesen legte er vor die Hütte der Witwe in den Schnee und schlich davon.

Die Frau und die Kinder freuten sich und schnitten den Käse an. Man erzählt, dass dieser Gamskäse eine wunderbare Eigenschaft hatte: Den Keil, den man untertags zum Verzehr herausgeschnitten habe, der habe sich über Nacht, wenn alle schliefen, wieder in den Laib hineingefügt, sodass am Morgen immer ein vollständiger Käserund im Kasten lag.

Der Wildschütz begegnete noch ab und an den weißen Gamsen, aber er hielt sich an sein Versprechen und verschonte sie. Eine Gams hatte er besonders ins Herz geschlossen: Wenn sie über die Schrofen stieg oder durch einen Felskamin hinuntersprang, dann hinkte sie ein wenig mit dem linken hinteren Bein.

Die Wildfrauen blieben noch lange Jahre in der Rauris und taten den Menschen viel Gutes.

Peter Christen Asbjörnsen, Jörgen Moe

Die Katze auf dem Dovreberg

Es war einmal ein Mann droben in der Finnmark, der hatte einen großen, weißen Bären gefangen. Den wollte er dem König von Dänemark bringen. Nun fügte es sich, dass er am Weihnachtsabend zum Dovreberg kam. Als er aus einer Hütte Licht dringen sah, klopfte er dort an und bat den Bewohner um Unterkunft für sich und seinen Bären. Der Mann in der Hütte hieß Halvor.

»O bewahre!«, sagte der. »Heute können wir keinem Unterkunft geben! Am Weihnachtsabend kommen immer so viele Trolle hierher, dass wir selber in den Wald hinausmüssen und für die Nacht kein Dach überm Kopf haben.«

»Ach, du kannst mich dennoch hier übernachten lassen«, sagte der Finnmärker. »Mein Bär kann hinterm Ofen liegen – und ich selber im Verschlag.«

Er redete so lange, bis es ihm gestattet wurde. Darauf gingen Halvor und die Seinen in den Wald, nachdem sie zuvor den Trollen zum Festschmaus aufgetischt hatten.

Auf den Tischen standen Weihnachtsgrütze, saure Sahne, mit Lauch gewürzter Stockfisch und leckere Wurst.

Zu vorgerückter Stunde kamen die Trolle. Manche waren groß, andere klein, manche hatten einen langen Schwanz, andere gar keinen, und einige hatten furchtbar lange Nasen. Sie alle aber langten kräftig zu und ließen sich die guten Dinge schmecken.

Plötzlich entdeckte eines der Trollkinder den Bären hinter dem Ofen. Es nahm ein Stück Wurst, steckte es auf einen Spieß und briet es über dem Feuer. Dann trat es dreist an den Bären heran und hielt ihm die Wurst so dicht unter die Nase, dass diese angesengt wurde. Dabei sagte das Trollkind: »Na, Katze, magst du Wurst?«

Da schnellte der Bär mit zornigem Brummen hoch und jagte alle Trolle, kleine wie große, hinaus.

Im Jahr darauf war Halvor am Nachmittag vor dem Weihnachtsabend im Wald, um Holz zum Fest heranzuschaffen, denn er erwartete wieder die Trolle. Als er gerade dabei war, Bäume zu fällen, hörte er es aus der Tiefe des Waldes rufen: »Halvor! Halvor!«

»Ja, was ist?«, fragte er.

»Hast du deine große Katze noch?«, rief es wieder aus dem Wald.

»Aber ja! Sie liegt hinterm Ofen«, antwortete Halvor. »Sie hat geworfen und sieben Junge bekommen. Die sind noch viel größer und wilder als sie selbst.«

»Dann kommen wir nie mehr zu dir!«, tönte es aus dem Wald.

Und seitdem verzichten die Trolle auf die Weihnachtsgrütze bei Halvor am Dovreberg.

Von der Magd zur Bäuerin

Ein Mädchen aus Oberösterreich entkleidete sich, kurz bevor es in der Thomasnacht zwölf Uhr schlug. Sie vergewisserte sich noch, dass alles im Haus schlief, und kehrte dann, nackt und bloß, wie sie war, die gute Stube aus. Sie hatte nämlich gehört, dass sich so der für sie vorbestimmte Bräutigam zeigen würde. Als sie mit dem Auskehren fertig war, stellte sie sich mit ihrer ganzen natürlichen Anmutigkeit in die Mitte der Stube und blickte erwartungsvoll zum Fenster hinüber. Da ging auf einmal der Bauer am Fenster vorbei und grüßte freundlich herein. Vor Schreck und Scham stürzte die Magd in ihre Kammer hinauf, grub sich in ihre Bettdecke ein und traute sich nicht einmal mehr, darunter herauszuschauen.

Am nächsten Morgen ging sie, noch immer schamrot im Gesicht, zur Morgensuppe. Aber nichts war anders als jeden Tag und der Bauer gab keinerlei Andeutungen zu dem, was in der Nacht davor passiert war. Im Gegenteil:

Er rekelte sich wohlig und sagte, dass er heute Nacht besonders tief und fest geschlafen habe. Offenbar hatte er keinerlei Erinnerung an sein nächtliches Erscheinen.

Nach dem Mahl zog die Magd die Bäuerin ins Vertrauen. Die sah sie daraufhin mit traurigen Augen an und sagte nur: »Halt mir alles gut zsamm und schau auf die Kinder!«

Im Jahr darauf starb die Bäuerin und wieder ein Jahr darauf nahm der Bauer die schöne Magd zur Frau.

Tungustapi

Früher einmal, vor vielen hundert Jahren, wohnte ein sehr reicher Bauer in Saelingsdalstunga; er hatte einige Kinder, darunter auch zwei Söhne. Man weiß nicht, wie sie hießen, und wir wollen sie deshalb Arnor und Sveinn nennen. Sie waren beide vielversprechende junge Leute, aber sehr verschieden voneinander. Arnor war mutig und stolz. Sveinn war ruhig und bedächtig und nicht mutig. Dementsprechend waren sie auch sehr verschiedenen Gemüts; Arnor war fröhlich und hatte Spaß daran, mit den Burschen aus dem Tal dort zu spielen, und er traf sich oft mit ihnen an dem Felsen, der unten am Fluss gegenüber dem Hof Tunga steht und Tungustapi genannt wird. Im Winter hatten sie ihren Spaß daran, auf dem verharschten Schnee vor dem Felsen, der sehr hoch war, auf die umgebenden Kiesbänke herunterzurutschen; da wurde in der Dämmerung oft viel geschrien und gelärmt um den Tungustapi herum, und Arnor war meist der Anführer. Selten war Sveinn dabei.

Er ging meist in die Kirche, wenn andere Jungen spielen gingen; und oft mied er andere Leute und war dann nicht selten unten am Tungustapi. Es hieß, er habe Umgang mit den Elfen, die in dem Felsen wohnten, und so viel ist sicher, dass er in der Neujahrsnacht immer verschwand und niemand wusste, wo er steckte. Oft sagte Sveinn zu seinem Bruder, dass er nicht so viel Lärm machen sollte dort am Felsen, aber Arnor machte sich lustig darüber und sagte, er habe kein Mitleid mit den Elfen, wenn es laut zuginge. Er machte weiter wie bisher; doch Sveinn warnte ihn noch mehrmals und sagte, er sei verantwortlich für das, was daraus entstünde.

Es geschah an einem Silvesterabend, dass Sveinn wie gewöhnlich verschwand. Die Leute fanden, dass er länger als sonst ausblieb. Da sagte Arnor, er würde ihn suchen, er wäre sicher bei den Elfen drunten im Stapi. Arnor machte sich auf und ging, bis er zum Felsen kam. Es war sehr dunkel. Mit einem Mal sah er, wie sich der Felsen auf der Seite zum Hof hin öffnete, und drinnen leuchtete eine Unzahl von Lichterreihen; er hörte, wie schöner Gesang ertönte, und erkannte daran, dass bei den Elfen im Felsen eine Messe gefeiert wird. Er kam nun näher und sah, was geschah. Vor sich sah er etwas wie eine geöffnete Kirchentür und drinnen eine Menge Leute. Ein Priester in schönem Messgewand stand am Altar, und vielfache Reihen von Lichtern zu beiden Seiten. Dann trat er in die Tür und sah, wie sein Bruder Sveinn vor der Altarschranke kniete und ihm der Pfarrer die Hände auf den Kopf legte und etwas dazu sprach. Arnor nahm an, dass er zu irgendetwas geweiht werden sollte, denn viele Männer in Messgewändern standen dabei. Da rief er und sagte: »Sveinn, komm, es gilt dein Leben.« Da zuckte Sveinn zusammen, stand auf und schaute zur Tür hin; dann wollte er auf seinen Bruder zulaufen. Doch im selben Augenblick rief der, der am Altar stand, und sagte: »Schließt die Kirchentür und bestraft den Menschen, der unseren Frieden stört. Du aber, Sveinn, wirst uns verlassen, und dein Bruder ist daran schuld. Doch weil du aufgestanden bist, um zu deinem Bruder zu gehen, und sein schändliches Rufen höher geschätzt hast als die heilige Weihe, sollst du leblos niedersinken, wenn du mich das nächste Mal in diesem Messgewand siehst.« Da sah Arnor, dass die Männer in den Messgewändern Sveinn hochhoben, und er verschwand in dem steinernen Gewölbe, das über der Kirche war. Nun ertönte dröhnendes Glockengeläut, und gleichzeitig hörte man drinnen großen Lärm. Alles stürzte auf die Tür zu. Arnor lief, so schnell er konnte, hinaus in die Dunkelheit heimwärts und hörte den Elfenritt, den Lärm und das Hufetrappeln hinter sich; er hörte, wie einer von denen, die an der Spitze ritten, die Stimme erhob und sagte:

»Wir reiten und reiten,
es dunkelt an den Leiten,
wir verwirren und verirren
den elenden Mann,
dass er nicht mehr sehen kann
die Sonne am Tage,
die Sonne am nächsten Tage.«

Da raste die Schar zwischen ihn und den Hof, sodass er zurückweichen musste. Als er an einen Abhang südlich vom Hof und östlich von dem Felsen gekommen war, gab er auf und sank erschöpft nieder; da ritt die ganze Schar über ihn hinweg, und er blieb halb tot liegen.

Von Sveinn ist zu sagen, dass er heimkam, als alle zu Bett gegangen waren. Er war sehr niedergeschlagen und wollte keinem erzählen, wo er gewesen war, sagte aber, man müsse unbedingt Arnor suchen. Man suchte ihn die ganze Nacht, und er wurde erst gefunden, als der Bauer von Laugar, der zur Frühmesse nach Tunga kam, auf ihn stieß, dort am Abhang, wo er lag. Arnor war bei Bewusstsein, aber sehr schwach; er sagte dem Bauern, was geschehen war in der Nacht, wie schon berichtet wurde. Er sagte, es würde nichts nützen, ihn zum Hof zu bringen, denn sein Leben sei nicht zu retten. Er starb dort an dem Abhang, und seitdem heißt es dort Banabrekkur, ›Todeshang‹.

Sveinn wurde nie mehr derselbe nach diesem Ereignis, er wurde immer ernster und schwermütiger, doch soweit man wusste, kam er von da an nie mehr in die Nähe des Elfenfelsens, und nie sah man ihn in die Richtung schauen, in der der Felsen war. Er entsagte allen weltlichen Dingen, wurde Mönch und ging in das Kloster zu Helgafell. Er wurde so gelehrt, dass ihm keiner der Brüder gleichkam, und er sang die Messe so schön, dass keiner je etwas so Schönes gehört zu haben glaubte. Sein Vater wohnte bis ins Alter in Tunga. Als er alt geworden war, wurde er schwerkrank. Das war kurz vor der Karwoche. Als er spürte, wie es um ihn stand, ließ er zu Sveinn nach Helgafell hinausschicken und bat ihn, zu ihm zu kommen. Sveinn machte sich sofort auf, sagte aber, es könnte sein, dass er nicht mehr lebendig zurückkäme. Er kam am Ostersamstag nach Tunga. Da war sein Vater so schwach geworden, dass er kaum sprechen konnte. Er bat seinen Sohn Sveinn, am Ostersonntag eine Messe zu singen, und befahl, man sollte ihn dann in die Kirche tragen, er sagte, er wollte dort sterben. Sveinn widerstrebte das, aber er tat es trotzdem, allerdings unter der

Bedingung, dass keiner während der Messe die Kirche aufmachte, und er sagte, dass sein Leben davon abhinge. Den Leuten kam das merkwürdig vor; doch manche vermuteten, dass er wie einst nicht in die Richtung schauen wollte, in der der Felsen war, denn die Kirche stand damals erhöht auf einem kleinen Hügel in der Hofwiese östlich vom Hof, und der Felsen war genau der Kirchentür gegenüber. Dann wurde der Bauer in die Kirche getragen, wie er es angeordnet hatte, und Sveinn ließ sich vor dem Altar das Messgewand anlegen und begann mit der Messe. Alle, die dabei waren, sagten, sie hätten nie jemand so süß singen oder so meisterhaft intonieren hören, und alle waren ganz starr vor Verwunderung. Doch als der Priester sich schließlich umdrehte vor dem Altar und anfing, die Gemeinde zu segnen, kam mit einem Male eine Sturmbö von Westen, und die Tür der Kirche sprang dabei auf. Die Leute erschraken und schauten zur Tür hin; da sah man an dem Felsen etwas wie eine geöffnete Tür, und aus ihr heraus kam das Leuchten einer Unzahl von Lichterreihen, doch als die Leute wieder zum Priester schauten, war er niedergesunken und schon tot. Die Leute nahmen sich dies sehr zu Herzen, umso mehr, als der Bauer auch zur selben Stunde tot von der Bank heruntergefallen war, auf der er dem Altar gegenüber lag. Vor und nach dieser Begebenheit herrschte Windstille, es war allen völlig klar, dass es mit der Sturmbö, die von dem Felsen kam, eine besondere Bewandtnis hatte.

Damals war der Bauer dabei, der einst Arnor am Abhang gefunden hatte, und er erzählte nun die ganze Geschichte. Da merkten die Leute, dass jetzt eingetreten war, was der Elfenbischof vorausgesagt hatte, dass Sveinn tot niedersinken würde, wenn er ihn das nächste Mal sähe. Als der Felsen aufsprang, standen sich die Türen genau gegenüber, sodass der Elfenbischof und Sveinn sich in die Augen sahen, als sie den Segen intonierten, denn die Türen der Elfenkirchen gehen in die den Türen der Menschenkirchen entgegengesetzte Richtung (nämlich nach Osten) auf. Die Leute der Gegend hielten nun eine Versammlung ab wegen dieser Sache, und es wurde beschlossen, die Kirche von dem Hügel herunterzuversetzen, in eine Senke an einem Bach. Damit lag der Hof zwischen dem Felsen und der Kirchentür, sodass der Pfarrer seitdem nicht mehr vom Altar durch die Kirchentür nach Westen auf den Elfenfelsen schauen konnte, und solche grässlichen Dinge sind von da an auch nie mehr geschehen.

Der dreizehnte Perchtenläufer

Bei den bekannten Salzburger Perchtenläufen in einer der Rauhnächte, auch »heilige Nächte« genannt, sind schon oft Dinge passiert, die man nicht erklären konnte. Schließlich begaben sich die Perchtenläufer mit dem Tragen der Teufels- oder Perchtenmasken selber in Gefahr, vom Teufel geholt zu werden. Gerne mischte sich der Teufel unter die Maskierten, um sie in der Menge durch sein Treiben zu bösen Taten anzustacheln. Es war nicht besonders schwer für den Teufel, Macht über sie zu bekommen, denn im Äußeren hatten die Burschen ja schon freiwillig seine Gestalt gewählt.

Irgendwann trug man sogenannte Skapuliere, die von den Schulterkleidern der Ordensgeistlichen und der Nonnen abstammten, unter den Kostümen. Auf einem Skapulier waren Heiligenbilder gedruckt, die den Träger vor dem Bösen schützen sollten.

Bei Wörth in der Rauris hatten sich an einem 6. Jänner ganze 30 Burschen zum Perchtenlaufen im Vorstanddorf versammelt. Der Bursche, der den höchsten Teufel darstellte, musste dafür sein schützendes Skapulier ablegen. Kaum war die Perchtengruppe ausgezogen, da benahm sich dieser Kerl ganz merkwürdig, er war wild wie ein Tier und hob dann sogar ab und flog über der großen »Brunnstub'n« hin und her. Schnell holte einer der Perchtenläufer ein Fläschchen mit Weihwasser hervor und versuchte ihn damit zu besprengen, doch der Teufel war so schnell, dass er ihn nicht erwischte. Endlich wurde eine Feuerspritze geholt und der Wilde in Teufelsgestalt konnte mit dem Weihwasser nassgespritzt werden. Wie von einer Kugel getroffen, fiel der Bursche auf den Boden und blieb dort regungslos liegen. Als sie ihm die Maske abnahmen, war er tot. Sie bespritzten ihn wiederum mit Weihwasser – und langsam kam wieder Leben in seinen Körper.

In der Nähe von St. Jakob am Thurn trug sich im Jahr 1798 auch etwas sehr Eigentümliches zu; damals sprach man noch vom »Land vor dem Gebirg« – der Tennengau wurde ja erst 1896 verwaltungsmäßig vom Flachgau abgespalten. Es hatten sich einige Burschen aus der Umgebung eingefunden, aus Ober- und Hinterwinkl, Gfalls und Gols, um sich – als Perchten verkleidet – auf den Weg zu den verschiedenen Bauernhöfen zu machen. Als Geister aus der Unterwelt galten sie als Glücksbringer und wurden von den Bauern freudig empfangen. Oft kredenzte man ihnen Brot, Käse und Krapfen sowie Tee und Schnaps. Der Salzburger Fürsterzbischof hatte die maskierten Umzüge zwar verboten, aber Salzburg war weit weg und der Bischof auch, und keiner von ihnen wollte diesen alten Brauch freiwillig aufgeben.

Auch an diesem Abend hatten sie schon öfters ihren altbewährten Spruch aufgesagt:

»Meine liaben Leut,
wann's uns was gebt's,
dann gebt's uns as bald,
denn wir miassen heut no
durch an finstern Wald.«

Ihr Weg führte wirklich durch einen finsteren Wald, es war der Wald im Klausbachtal. Es war jedes Jahr das Gleiche – fröhlich singend und schon leicht beschwipst kamen sie an dem Waldstück an, und je weiter sie hineingingen, desto düsterer wurde auch ihre Stimmung und bald wurde gar nicht mehr gesprochen. Als sie dann auf der sogenannten »Tratten« waren, einer Magerwiese mit wenigen Bäumen, begann einer von ihnen die Gruppe abzuzählen und plötzlich taten es ihm die anderen nach.

»Es ist der Dreizehnte unter uns!«, schrie einer wie am Spieß und schnell erkannte die Menge, welcher der Maskierten es war. Sie schlugen und droschen auf das pelzige Untier ein. Einer hatte sich einen Baumstamm genommen und ihm damit die Unterschenkel zertrümmert, dass das Holz nur so splitterte. Die kämpfende Meute schien sich langsam zu beruhigen, dampfend standen sie vor dem Teufel, der keinen »Zappler« mehr machte und dem das Blut langsam aus dem Rachen lief.

Nun ging einer hin und riss dem Teufel die Maske ab – doch alle standen wie versteinert: Vor ihnen lag einer ihrer Kameraden! Zu elft standen sie nun da, und manch einer von ihnen musste sich in den kalten Schnee setzen, andere konnten nicht mehr gehen und beugten sich einfach nur vornüber, um sich zu übergeben. Allen aber dröhnte der Kopf und keiner konnte mehr einen klaren Gedanken fassen, wie das überhaupt passiert sein konnte.

Da ihr Freund nun bei einem heidnischen Volksbrauch gestorben war, durfte er nicht in der geweihten Erde auf dem Friedhof begraben werden. Vor der Friedhofsmauer fand er sein Grab, und keiner der elf Burschen vergaß jemals, was in dieser Rauhnacht passiert war. Eine alte Wegsäule auf der »Tratten« erinnert heute noch daran und fordert zum Gebet für die arme Seele auf.

Urs Faes

Manfred

Er hatte den Brief immer wieder gelesen, war mit den Worten in die Zärtlichkeit für Minna zurückgefallen. Sie blieb in all den Jahren. »Für immer. Und ewig.« Erwachte in jeder Gegenwart, auch jetzt, in diesen Rauhnächten gegen Ende des Jahrhunderts.

Er war damals nicht zu Minnas Beerdigung gefahren. Er hatte nicht mit den andern, die zum Friedhof strömen würden, vor dem Grab stehen wollen. Er hatte ihr feindseliges Mustern gefürchtet, ein Tuscheln und Zischeln, das wieder an die alte Geschichte erinnern würde. So unter den Leuten auf dem Friedhof hinter der Wallfahrtskirche zu stehen, wo all die Gräber waren, das hätte er nicht ertragen. In ihm selber war etwas aufgebrochen, eine klaffende Schrunde mit schmerzhaften Rändern. Und Sebastian? Wie hätte er Sebastian begegnen sollen, nach all den Jahren, ausgerechnet am Grab? Wären sie selbst dort noch in Streit geraten?

Hans war seinerzeit zu Lenes Begräbnis gefahren, hatte in der kaiserlichen Rheinarmee dreizehn Stunden Urlaub bekommen während der Schlacht von Hagenau. Er eilte über den Rhein ans Grab hinter der Wallfahrtskirche, legte Winterastern unters Kreuz, schaute als heimgekehrter Fremdling ins Tal hinauf, zu Hof und Vaterhaus, stöhnte auf unter dem Gewicht einer großen Liebe, die nicht verging, auch wenn sie ruhte. Er fiel in der Schlacht.

Diesmal waren es keine Stimmen, nicht der Schmerz in Aug und Ohr, nicht die Hitze- und Kälteschauer, der Bildertaumel und die Fieberträume, es war ein Abendläuten, von fern herüber, das wie eine sanft auslaufende Welle sein Gehör erreichte.

Ihm folgte ein Duft von Räucherwerk, von Mohn und Kräutersalben.

Er hörte das Knarren der Treppe, den monotonen Singsang des Paters und der Messknaben.

Mit schlurfenden Schritten ging der alte Priester durchs Zimmer, sprach am Bett einen Segen, beschwor die Vertreibung alles dessen, was an Übeln vom vergangenen Jahr geblieben war, die Altjahrsgeister. All das unerledigt Gebliebene, betonte er und berührte seine Schulter, das noch immer nicht vergangen ist, auch das soll sich lösen.

Er nickte leicht mit dem Kopf, atmete ein, was da an Duft im Raum hing, zog es mit leichtem Schniefen durch die Nase, als sei das Heil und Heilung. Und er sah vor sich die Mutter, die zu Silvester und Dreikönig durchs Haus gegangen war mit ihren Sonnwendbüscheln von Hasel, Eichenblättern und Johannisblumen. Sie war jetzt seltsam nah. Tagelang war der Duft im Haus geblieben, schwer, eindringlich. Keiner außer der Mutter glaubte an die Wirkung, aber sie hätten ihn nicht missen mögen, Sebastian summte dazu.

Es könnten, müsste er seine Kindheit beschreiben, nur diese Düfte sein. Sie waren da, lange vor den Wörtern, sie riefen die Bilder wach, die nie vergehen, die Berührungen, die bleiben, Ankunft vielleicht oder mehr, Kindheitsland, Rauhnachtdüfte, Dreikönigstag.

Er schlief vom alten ins neue Jahr, hörte nur dann und wann in einem kurzen Wachliegen und Aufschrecken vom Lärm in der Gaststube, von den Wortgefechten zwischen dem Schaffenhöfer, dem Mesmer und dem Wirt, von den durch Kirschwasser gelösten Zungen, von Überschwang und Becherklang.

Sein gelegentliches Aufmerken gehörte den Stimmen. Wer war da, wer sprach? Stimmen zwischen dem Klappern von Besteck, dem Schlürfen und Schmatzen. Schwer musste das Essen sein, zäh; heftig wurde da tranchiert, Schweinebraten vielleicht oder gar ein halbes Wildschwein, dessen feste Knochen jedem Messer trotzten und die Suche nach einem Fetzen Fleisch zu einem Abenteuer machten.

Zu Silvester hatte die Mutter immer eine Schlachtplatte bereitet, mit Sauerkraut aus dem irdenen Topf im Keller. Die gut gewürzten Leberwürste waren ihre Spezialität. Sebastian mochte sie besonders.

Er hörte ein Knarren im Treppenhaus, die Spülung der Toilette, laut der Schattenhöfer, der das Wort führte, der Mesmer, der zu korrigieren schien, vielleicht auch bloß zu besänftigen, wenn der Bauer die Dämonen beschwor, an die Wassermännlein im Mummelsee erinnerte, an die Erdgeister in den Tiefen des Hochwaldes und den Tobeln des Harmersbachtales, an die wehenden Narrenfrauen in den düsteren Mooren und nebelgesättigten Heideflächen.

Und diese andere Stimme, eher zögerlich sich einmischend, sprach vom Schnee im Talgrund, von umgestürzten Bäumen, von drohendem Unheil über dem Land.

Und einer rief sein »Wohl bekomm's« dazwischen. Dumpf schlugen die Gläser zusammen.

Dann wieder die zögerliche Stimme, kaum zu vernehmen.

Zu wem gehörte sie? Sebastian?

Und der, der jetzt anhob, sich laut einbrachte mit seinen Sätzen, die als Fetzen an sein Krankenbett, an sein Ohr drangen, von der üblen Zeit, den Schrunden, den Ungewissheiten.

Da begann einer zu deklamieren, als müsste alles noch gesagt sein im alten Jahr oder vorausgesagt werden für das kommende. Von Fülle und Stille. Von Sternen und Segen, von der Zukunft als verletzlichem Wort.

Das war nicht Sebastians Stimme.
Rasch fiel er wieder in tiefen Schlaf.
Schlief und hörte nichts.

Nicht mal das Neujahrsgeschrei erreichte ihn, der Lärm der knallenden Korken, das Feuerwerk über den Hügelzügen, das Sterne spuckte, Fadensonnen zeichnete und Raketenzischen hören ließ.

Der Arzt war gekommen, hatte Medikamente gebracht, die ihn vor sich hin dämmern ließen. Der Wirt hatte ein gutes neues Jahr gewünscht, Bettine Blumen und Neujahrsküchlein auf den Tisch gestellt. Er mochte nicht essen, trank Tee mit Widerwillen.

Manchmal öffnete er die Augen, sah durchs Fenster in die Schneelandschaft, auf die dunklen Stämme, hörte das Gekreisch der Raben, den Knall einer nachträglich in den Neujahrshimmel abgefeuerten Rakete.

Er ließ sich dämmernd tragen von längst vergangenen Bildern und Düften: Minna war da, der Bruder, die kräutersengende Mutter. Er sah im weißen Gespinst einen hügelan kommen, mit dem Hut in der Stirn, vornübergebeugt, langsam, wie einer geht, dem es nicht eilt mit dem Ankommen, der Zeit hat und Zeit braucht, um dann da zu sein, irgendwann.

Einmal erwachte er, entdeckte auf dem Fensterbrett die Ränder von Schnee, gebauscht wie Rüschen von Mousselin; dahinter das Flimmern und Flirren der verschneiten Landschaft; ein Frösteln schoss über die Haut, verebbte.

Er schloss die Augen wieder.

Da kamen sie heran, Minna, der Bruder, die Mutter, langsam im Schnee. Er horchte hin, was sie sprachen, vielleicht riefen. Namen?

Er hoffte, es wäre seiner.

Wenn er die Augen öffnete, blieb alles stumm, nur das Weiß vor dem Fenster, das alle Formen verwischte. Nichts zu sehen, nichts zu fassen, nur lakenweißes Fluten, ohne Schrift, ohne Klang. Weißes Wachsen durch Fenster und Türen, hinein in Aug und Mund, in die Haut, in den Atem, Weichbild, Weißbild, das überwuchs und überwucherte: Schneebild.

Und dann ein Lärmen, ein Rasseln, ein Heulen, Töpfeklappern; Rufe, unverständlich, aber laut, Gemurmel, Gebrabbel.

Das Knarren der Tür, ein Luftzug, die schweren Schritte des Wirtes durch den Raum an sein Bett.

Sie ziehen herab, die Berta und Holla, mit ihren Scharen, schütteln die Tücher aus, kommen herab von Nordrach her, vom Grafenberg und vom Täschenkopf, schreiend und tanzend. Ein Heidenlärm, das kennt er ja, immer wenn es gegen Dreikönig geht und die Rauhnächte zu Ende sind, die Dunkelbolde weichen und alles sich wieder einrenkt, was aus den Fugen war, die Zeit und die Welt.

Einrenkt, fragte er mit schwacher Stimme.

Er hörte das Schnaufen des Wirtes, sah hinter den geschlossenen Augen die wilde Schar der Perchten, peitscheschwingend, trommelnd, und ein heller Klang dazwischen, eine Laute, eine Flöte. Und eine Melodie, die anhob, die er von der Mutter kannte. Rauhnachtlieder, sagte sie, summte, sengend.

Die Mutter war immer mitgezogen, mit weißer Maske, die das Gesicht verbarg, mit einem weißen Gewand. Minna begleitete sie; sie zogen mit andern Frauen von den Höfen am Bach entlang zu Tal zum Feuer, das sie dann umstanden, Andenken in die Flammen warfen, die an erlittene Plagen, an all das Vergangene erinnerten. Aber auch die vortags gebackenen Küchlein flogen ins Feuer, Kekse und Grütze, welche die unsichtbaren Geister liebten.

Er hörte jetzt wieder das Knarren der Treppe, eindringlicher mit jeder Stufe, die da einer zögernd nahm, dann dumpf ausfransend im Korridor, ein scheues Nachhallen, nah.

Und ein schwerer Schuh setzte im Zimmer auf, ging vor und zog den andern nach, schleppend, zum Lager heran.

Einer, sagte jetzt der Wirt, nah an seinem Ohr, einer ist heraufgekommen, durch das Grau, den Schnee, und ist jetzt da.

Langsam öffnete er die Augen, blinzelte, einmal, zweimal, hob leicht die Hand.

Sebastian.

Manfred.

Textnachweis

»Die Rauhnächt«, »Rauhnacht« aus: *Oberösterreichisches Sagenbuch*, zitiert nach: www.sagen.at

»Ein Reiter in den Zwölfen«, »Der Rauhnachtspuk«, »Der Wode«, »Knecht Ruprecht«, »Der Nußkaspar«, »Frau Holles Apfelgarten«, »Frau Frigg im märkischen Heideland« aus: Sigrid Früh, *Rauhnächte. Märchen, Brauchtum, Aberglaube*, Verlag Stendel, Fellbach 1998

»Die stolze Anna von Schleching«, »Von der Magd zur Bäuerin«, »Das Weitwiesenweiberl«, „Die beiden Wildschützen«, »Die übergossene Alm«, »Die weiße Gams«; »Der Ritter am Rackasee« aus: Karl-Heinz Hummel: *Raunachtssagen aus Bayern und Tirol.* München: Allitera Verlag 2019.

Alfred Smedberg: »Die Trolle und der Koboldjunge«, Viktor Ryberg: »Die Abenteuer des kleinen Wigg«, Peter Christen Asbjörnsen / Jörgen Moe: »Die Katze auf dem Dovreberg« aus: *Weihnacht bei den Trollen. Weihnachtliche Geschichten aus Skandinavien*, hrsg. von Klaus Möllmann, dtv, München 1998

»Der Geizige und der Geist«, »Die Wilde Jagd und das Bierfass«, »Anton und die sprechenden Pferde«,«Dumm-Maras Verwandlung« sowie »Der arme Tischler und der

Herr des Waldes« aus: Valentin Kirschgruber, *Das Wunder der Rauhnächte. Märchen, Bräuche, Rituale für die innere Einkehr*, kailash Verlag, München 2013

»Der dreizehnte Perchtenläufer« aus: Wolfgang Morscher / Berit Mrugalska, *Die schönsten Sagen aus Salzburg*, Haymon tb Verlag, Innsbruck 2010

»Albenkönigin Hildur« (gekürzt), »Der Diakon auf Myrká«, »Der Tanz in Hruni«: *Miðstöð Íslenskra Bókmennta* (= Zentrum für isländische Literatur), »Seltsame Erscheinungen« aus dem Isländischen übersetzt von Eleonore Gudmundsson

Urs Faes, »Manfred« aus: Urs Faes, *Raunächte*, Insel Verlag Berlin 2018.

Danksagung

Der Verlag dankt Dr. Konrad Kuhn (Institut für Geschichtswissenschaften und Europäische Ethnologie – Fach Europäische Ethnologie, Universität Innsbruck) und Dr. Michael J. Greger (Institutsleiter, Salzburger Landesinstitut für Volkskunde) für die fachliche Beratung und Unterstützung.

Alois Brandstetter

Lebensreise

400 Seiten, 125 x 205, 26,– €
ISBN 9783701717354

In seiner »Lebensreise« erzählt Alois Brandstetter von seinem Werdegang als siebentes Kind eines Müllers und Bauern, das seinen Weg in Wissenschaft und Literatur fand. Doch tritt er diese »Wallfahrt« in die Vergangenheit mit einem Augenzwinkern an: Szenen und Bilder aus seiner Kindheit und Jugend in der oberösterreichischen Provinz wechseln mit humoristischen Betrachtungen des modernen Lebens und Eindrücken oder Begegnungen des begeisterten Lesers Alois Brandstetter. Eine Reise auf den Spuren seines Namenspatrons, des Heiligen Aloysius, gibt den Rahmen für diese sehr persönlichen, lebendig erzählten Erinnerungen.

Alois Brandstetter

Vom Schnee der vergangenen Jahre

176 Seiten, 120 x 170, 12,90 €
ISBN 9783701715213

»Alle Jahre wieder …«, so beginnt eines unserer geläufigsten Weihnachtslieder, und es liegt gewiß etwas Beruhigendes in dieser gleichbleibenden Wiederkehr. Und doch ist kein Jahr wie das andere, und wenn die Adventszeit naht, wenn es draußen kalt und in der Stube geheizt ist, dann rückt man wohl mit der Familie und guten Freunden zusammen und erinnert sich gegenseitig an Geschichten und Begebenheiten. Sie liegen vielleicht schon lang zurück, aber sind im Gedächtnis geblieben, weil sie für die Erwachsenen etwas Besonderes oder für die Kinder etwas Neues waren.

Solcherart sind auch die Geschichten, die Alois Brandstetter in diesem Buch erzählt. Es sind Erinne-rungen an die Winter und Weihnachtsfeste seiner Jugend, die er in dem kleinen Ort Pichl in Oberösterreich verbracht hat. Aber ob Brandstetter vom Eisstockschießen, vom Sternsingen oder von frühen Skiversuchen berichtet, vom ersten Radioapparat oder von einer großen Überschwemmung, er tut es erfrischend unsentimental und immer detailfreudig und genau.